異世界エルフの奴隷ちゃん

柑橘ゆすら

① 女のバトル！

コツコツと革靴が床を叩く音が建物の中に鳴り響く。

どこにでもある初心者用のダンジョンの中、三人組のパーティーが探索をしていた。

「ううう……。暗い……。怖い……。ご、ご主人さま……。早く帰りましょうよ」

その内の一人はエルフちゃん（仮）。

長身、スタイル抜群の者が多いエルフ族の中にあって、一六〇センチに満たない小柄な女の子だった。

「……ご主人さま。敵の臭いが近くなってきたぜ」

もう一人は犬耳ちゃん（仮）。

身長はエルフちゃんと同じくらい。

頭からピョコンと生えた獣耳が愛らしいライカンの女の子だった。

「二人とも。安心して。俺がついていれば大丈夫だよ」

最後の一人はご主人さま（仮）。チート職業《勇者》を与えられた世界でたった一人の人間にして、エルフちゃんと犬耳ちゃんの保有主であった。

ダンジョンの中では様々な危険、面倒事が付き纏う。

そういう事情もあって金銭に余裕がある冒険者は、奴隷を引き連れてダンジョンに潜ることが多かった。

「おや。さっそく現れたようだね」

ご主人さまが忠告をした直後、暗闇の中から一匹のモンスターが飛び出してくる。

ブルースライム　脅威LV1

出てきたモンスターはブルースライムであった。

この世界におけるスライムというモンスターは最弱種として知られていた。

中でもブルースライムは水属性魔法に弱い耐性を持っている以外に、特筆するべき注意点が存在しない。

「……おりゃあっ！」

ご主人さまの攻撃。ご主人さまは手にした剣でスライムの体を引き裂いた。

戦闘そのものは一秒としないうちに終了する簡単なものであった。

けれども、奴隷ちゃんたちにとっての本当の戦いは——今まさにこの瞬間に訪れようとしていた。

「「さすがはご主人さまです！」」

エルフちゃんと犬耳ちゃん。

二人の口から賞賛の声が上がったのは、ほとんど同時のタイミングだった。

パンパカパーン

「いやー。それほどでも。たかだかスライムだよ?」

「そんなことはありません！　たかがスライム！　されどスライムですよ！」

「ご主人さまの剣技！　凄かったぜ！　まさに神業！　オレ、感動しちまったよ！」

「ハハハ。照れるなぁ……」


二人に褒められて気分を良くしたご主人さまは、顔を赤くして俯いていた。


（勝った！　オレの方がエルフよりコンマ一秒早かった！）

（何を言っているんですか！　犬耳さん。貴女の『さすごしゅ』からは全く愛を感じられませんでしたよ！）


エルフちゃん&犬耳ちゃんは、周囲に気付かれないよう互いの足を踏みつけあって、対立していた。

どちらがよりご主人さまからの寵愛を受けられるか?

このところ二人は女同士の苛烈なバトルを繰り広げていたのだった。

②待合室

Isekai Elf no Dorei chan

ここは迷宮都市――ブルーティア。
ダンジョンから戻ってきた三人が次に何処(どこ)に向かったかというと――冒険者ギルドである。
この世界ではダンジョンに潜って、モンスターからドロップするアイテムを売って生計を立てている人間を総称して『冒険者』と呼んでいた。

「すいません。魔石の買い取りをしたいんですけど」
「承知いたしました」

ご主人さまの担当をしているギルド受付嬢、受付嬢さん(仮)はブルーティアで働く受付嬢の中でも一番の美人と評判の人であった。
中でもご主人さまの視線を引き付けて離さないのは、ブラウスのボタンを弾き飛ばすかのような勢いで膨(ふく)らんだ受付嬢さんの胸である。

受付嬢さんの胸からは、エルフちゃん、犬耳ちゃんには存在しない魅力が漂っていた。

〜〜〜〜〜〜〜〜


一方、その頃。

奴隷ちゃんたちが何処にいたのかというと――冒険者ギルドの待合室である。

世はまさに弱肉強食。

強者が弱者から搾取（さくしゅ）するのが日常なこの世界では、奴隷専用の待合室が用意されていることが多かった。

「はぁ……。仕事の後のジャーキーは格別ですねぇ……」

ベンチに腰を下ろしたエルフちゃんが何を食べていたのかというと――乾燥肉である。

噛（か）めば噛むほど肉の旨味（うまみ）と程よい塩気が口の中に広がっていく。

乾燥肉を頬張（ほおば）るエルフちゃんはご満悦（まんえつ）の様子であった。

「おい。エルフ。お前、何食っているんだよ？」

一人で美味しそうなものを食べていることが気に食わなかったのか、犬耳ちゃんが因縁を付けに行く。

「何って……見て分からないのですか？　ジャーキーですよ。ジャーキー」

「そんなことは知っているぜ！　オレにも少し分けてくれよ」

「え～。嫌ですよ～。犬耳さんもご主人さまから、お小遣いをもらっているんですよね？　自分で買えばいいじゃないですか」

ご主人さまは毎週決まった日にエルフちゃん&犬耳ちゃんに対して給料を渡していた。

中には奴隷に対して一切の金銭を支払わない主人も存在するので、ご主人さまはその点においては良心的であった。

「そんなものはない。全て家族の仕送りに使っているからな」

「ええっ。犬耳さん。そんなことしていたんですか!?」

「オレは八人姉弟の長女なんだよ……。頑張ってオレが稼がないと、今度はチビたちが奴隷にされちまうんだ……」

この世界は現代日本と比べて、貧富の格差が激しかった。

犬耳ちゃんの実家のような貧しい家庭では口減らしを兼ねて、家族を奴隷として売り払うケースが常態化していた。

「そんなヘビィな過去を持ち出してきてもダメなものはダメです」

モグモグとジャーキーを齧り（かじ）ながらもエルフちゃんは告げる。

あくまで情に流されないドライなエルフちゃんであった。

「大体お前、ご主人さまの前では『私ぃ、エルフなんでお肉とか苦手なんですよぉ』って言ってなかったか？」

「アハハハッ。あんな茶番を真に受けているようでは犬耳さんもまだまだですね」

続けてエルフちゃんは『お肉が嫌いな女子なんているはずがないじゃないですかぁ』と挑発的な笑顔を浮かべる。

「な、なんだと！　テメェ！」

「ふふん。喧嘩ですか？　受けて立ちますよ」

「絶対に嫌です」

「寄越せ！」

待合室の中で騒ぐエルフちゃん&犬耳ちゃんの周囲に、次々とギャラリーが集まってくる。

口を開けば喧嘩ばかりするエルフちゃん&犬耳ちゃんは、すっかり待合室の中で有名人となっていた。


「あの二人……。またやっているよ」

「ああいう凶暴な奴隷を持つと、主人は苦労するだろうねぇ～」

周囲にいた奴隷たちは二人の様子を見て次々にそんな台詞(せりふ)を口にしていた。


「二人とも～。お待たせ～」

突如として聞き覚えのある声が響く。

魔石の換金作業を済ませたご主人さまが、待合室の中に入ってきたのである。


ピタリッ。

二人は互いに睨(にら)みつけ合うのを止めて、ビジネスライクな作り笑顔を浮かべる。

「「ご主人さまっ！　会いたかったですぅ～！」」

変わり身の早さに定評のあるエルフちゃん&犬耳ちゃんであった。

「「「えええ～！」」」

先程までの醜い争いは何処へやら――。
仲良く手を繋いで帰る三人の姿を目の当たりにした奴隷たちは、感嘆の声を漏らすのだった。

④ 小心者

冒険者ギルドを後にしたご主人さまはようやく自宅に戻ってくる。

ご主人さま、エルフちゃん、犬耳ちゃんの三人が住んでいる家は、家賃八〇〇〇コルの一軒家だった。

ちなみにこの世界における一コルは、現代日本の価値に換算すると大まかに一〇円くらいである。

三人の住んでいる家は、それなりに広さこそあるものの、周囲の家に比べて築年数が長く、一目で見てボロボロだということが分かるものだった。

「ごめんね。二人とも。俺の稼ぎがもう少し良ければ二人をもっと良い家に住ませることだって出来るはずなんだけど」

謙遜（けんそん）のタイミングは、二人にとっての『さすごしゅチャンス』の到来である。

小まめに持ち上げてご主人さまの好感度を稼いでいくことは、奴隷にとっての重要な責務であった。

「そんなことありません！　ご主人さまは私たちにとっても良くしてくださっています」

「オレだって……ご主人さまに拾われていなかったら今頃どうなっていたか……！」

二人は本音と建前(たてまえ)の入り混じった迫真の演技で持ち上げていく。

「大袈裟(おおげさ)だよ……。俺なんて全然、大した男じゃないし……。本当に大丈夫？　今の家に不満はない？」

気分を良くしたご主人さまは、頬(ほお)を赤くして目線を下げていく。

（おねだりチャンス到来!!）

奴隷ちゃんたちの目がキラリと光る。

引っ越しを勧めるのであれば今しかない。

二人にとってもボロ家での生活は可能な限り避けたいことだったのである。

「……そもそも疑問なのですが、どうしてご主人さまは未だに迷宮の一階で戦っているのでしようか？」

「ご主人さまが本気を出せば、もっといくらでも良い家に住めるはずだぜ！」

ここぞとばかりにエルフちゃん＆犬耳ちゃんは、普段は聞きづらい質問を投げかけていく。

ご主人さまの戦闘能力はまさに『チート』と呼ぶに相応しい神がかり的なものがあった。

恵まれたスペックを持ちながらも、ダンジョンの一階でスライム狩りに執着するご主人さまの姿には、以前から疑問を感じていたのである。

「えっ。だって強いモンスターと戦うのって怖いし……。嫌だよ……」

無敵の能力を持っている割には、意外にも小心者のご主人さまであった。

⑤ 入浴タイム

Isekai Elf no Dorei chan

アパートの中で簡素な食事を済ませた三人は、そのまま浴場に移動していた。

戦闘で疲れたご主人さまの背中を流すことも奴隷としての重要な責務である。

「……ご主人さま。どこかお痒いところはありませんか？」

体中に石鹸を塗りたくったエルフちゃんは、全身を使って、ご主人さまの右半身を洗っていく。

中でも小さな胸をいっぱいに使った洗い方は、エルフちゃんの得意技の一つであった。

「ううん。気持ち良いよ。エルフちゃん」

エルフちゃんの献身的な奉仕を受けたご主人さまはご満悦の様子だった。

「こっちはどうだ？　オレの方がエルフよりもおっぱい大きいだろ？」

対抗意識を燃やした犬耳ちゃんは、ご主人さまの左半身を洗っていく。

（おい。エルフ。お前、骨ばった胸を押し付けているんじゃねーよ！　ご主人さま、痛そうにしているじゃねーか？）

（ふふふ。何を仰いますか。大きさでは僅かに負けはしますが、柔らかさでは私が圧勝していますから）

奉仕の最中、二人は心の中でそんなことを想いながらもバチバチと目から火花を散らしていた。

（新しく巨乳の奴隷を買おうかなぁ……）

二人の醜い争いを知らずして、ご主人さまはそんなことを考えるのであった。

⑥ エッチな下着

Isekai Elf no Dorei chan

入浴が終わった後は、日課である『夜のお勤め』の時間である。
エルフちゃん&犬耳ちゃんは、『夜のお勤め』に使う下着を取りに物置部屋に向かっていた。

「あのスケベ……。ま～た新しい下着を買ってやがる……」

タンスを開けた犬耳ちゃんは深々と溜息を吐く。
犬耳ちゃんの視界いっぱいに広がっていたのは、色とりどりの下着だった。
中には『これは下着としての機能を果たしていないのでは？』という特殊な形状をしているものもあり、ご主人さまの下着に対する異様な執着心を窺(うかが)わせていた。

「……こういう無駄遣いを我慢すれば、もっと良い家に住むことができるんですけどねぇ」

物置部屋の中に置かれていたのは下着だけではない。

大人の玩具から、コスプレ衣装に至るまで、『夜のお勤め』に関わるアイテムが多種多様に取り揃えられていた。

「ほ〜んと。ご主人さまって強いところ以外には何も取柄がね〜よな〜」

「ですね〜」

「髪の毛薄くなっているしな」

「お腹もプニョッとしていますもんね」

「使った後の枕が臭う」

「食器を自分で洗わない」

「ププッ。おまっ、さすがにそれは言い過ぎだって！」

「アハハッ。犬耳さんこそ！　さすがに臭いネタは卑怯ですよ！」

奴隷ちゃんあるある——。

ご主人さまの悪口を吐く時だけは、何故だか異様に盛り上がる。

⑦ でもチョロい

Isekai Elf no Dorei chan

新品のネグリジェを身に着けたエルフちゃん&犬耳ちゃんは、さっそく寝室に向かうことにした。

「二人とも。凄く可愛いよ」

「「～～～っ」」

月並みな誉め言葉だが、面と向かって言われるとやはり嬉しい。

ご主人さまは鈍感なようでいて、『ここぞ!』というタイミングで女性が喜ぶ言葉をかける不思議な能力があった。

「こっちにおいで。可愛がってあげるから」

ご主人さまに手招きされたエルフちゃん&犬耳ちゃんは、そのままベッドに向かっていった。
それからのことはよく覚えていない。
もしかしたらご主人さまがダンジョンの低階層ばかり探索しているのは、夜のために体力を残しておきたいからなのだろうか？
そのテクニックたるや女性の記憶を吹き飛ばすほどで、この日も二人は幾度となく絶頂を迎えることになった。

「良かったよ。二人とも」

右隣にエルフちゃん、左隣に犬耳ちゃんを侍（はべ）らせたご主人さまはご満悦の様子であった。

（やっぱり好きかも……。ご主人さま……）

たまに悪口は言うけど、なんだかんだでご主人さまのことが好きなエルフちゃん&犬耳ちゃんであった。

⑧ スキルポイント

それから翌日のこと。

いつものように激しい夜を過ごした三人は、いつものように初心者用のダンジョンを訪れていた。


「「さすがはご主人さまです！」」


この日もエルフちゃん&犬耳ちゃんは日課である『さすごしゅ』に余念がない。

戦闘ではあまり役に立てない分、主人を良い気分で戦わせてあげることは奴隷としての重要な責務の一つであった。

ご主人さまは今日も今日とて、スライム相手にオーバーキルのダメージを与え続けている。

テテテテッテテテッテー♪

戦闘が一段落したところでエルフちゃんの頭に電子音が鳴り響く。

「あれ……。頭の中で今、不思議な音がしたような……」

「ああ。たぶん、それレベルアップの音だよ」

首を傾げるエルフちゃんに向かってご主人さまは言った。

「パーソナルカードを出して」

「……はい。こうですか？」

パーソナルカードとは、この世界に生まれた人間ならば誰しもが自由に出し入れできる身分証のようなものである。

職業　奴隷
ＬＶ　２（↑１）
生命力　11（↑１）
筋力値　５

魔力値　24（↑2）
精神力　18（↑1）

スキルポイント　1

「本当だ！　レベルが上がっています！」

「おおっ。エルフもようやくレベルが上がったか！　オレなんかとっくにレベル2だけどな」

尻尾をブンブン振って得意気な表情を浮かべる犬耳ちゃん。

エルフちゃんたちエルフ族は他種族と比べて初期ステータスが高い反面、成長スピードが遅い種族とされていた。

「レベルが上がると好きなスキルを取得することができるんだ。裏面を見てごらん」

「わっ。本当だ。たくさんあるんですね〜」

パーソナルカードの裏には取得可能なスキルの一覧が表示されていた。

火属性魔法（初級）　水属性魔法（初級）
風属性魔法（初級）　呪属性魔法（初級）
聖属性魔法（初級）……………。

魔法の基本である属性魔法（初級）から、日用使いできそうなスキルまで、その数は合計で二〇種類近くあるだろう。

エルフちゃんは目を皿のようにして取得可能スキルの一覧を眺めていた。

「……あの、ご主人さま。胸の大きさって項目はないのでしょうか？」

「そんなものはない」

疑問を抱くエルフちゃんに対して、ご主人さまは的確なツッコミを入れるのだった。

⑨ スライムじゃない

ダンジョンに潜ってから四時間ほど経過しただろうか。

「よし。今日もたくさん集まったなぁ」

大きな箱の中に手に入れたばかりの魔石の欠片(かけら)（極小）を収納したご主人さまは、満足気な表情を浮かべていた。

ちなみにこの箱は《アイテムボックス》というスキルによって生成した特別なものである。

この《アイテムボックス》のスキルは、王家の血筋を引く人間にしか取得できないとされている伝説のスキルである。

けれども、ご主人さまは、さもそれが自然のことのように普通に使用している。

どうしてご主人さまが《アイテムボックス》のスキルを使用できるのか？

エルフちゃん&犬耳ちゃんにとっては不思議でならなかった。

「……ご主人さま。近くにもう一匹モンスターがいるようだぜ」

「そうか。なら今日はソイツを最後の獲物（えもの）にしておくか」

犬耳ちゃんの嗅覚（きゅうかく）レーダーに導かれるままに歩いていくと、見慣れないモンスターがそこにいた。

ビッグバード　脅威（きょうい）ＬＶ（レベル）３

「スライムじゃない……だと!?」

戦闘の際にご主人さまが、ここまで動揺（どうよう）するのは珍しいことであった。

ビッグバードは体長五〇センチくらいのニワトリに近い姿をしたモンスターである。

その気性は意外に荒く、ダンジョンの低階層にも出現することから『初心者殺し』の魔物として恐れられていた。

「コケー！」

「う、うわあああ⁉」

ブンブンブンッ。

ビッグバードに恐れをなしたご主人さまは、後ろを向いたままブンブンと剣を振り回す。

トンッ。

ご主人さまの振るった剣がビックバードの体に触れたその瞬間――。

ビッグバードはオーバーキル級のダメージを受けて、体が粉々に砕け散ることになる。

「さすがはご主人さまです！　今回も楽勝でした！」

「目にも留まらない猛ラッシュ！　凄い気迫だったぜ！」

取り乱したご主人さまは、この上なく格好悪かったが、エルフちゃん&犬耳ちゃんは、あえてそのことには触れないことにした。

主人の失敗に対して目を瞑ることも、奴隷としての重要な責務であった。

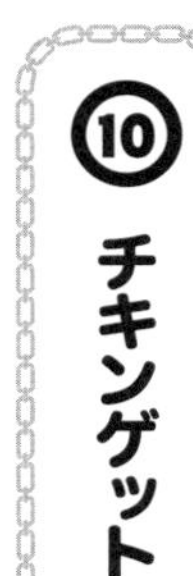

⑩ チキンゲット

Isekai Elf no Dorei chan

「あれ……。なんだこれ……？」

チキン　等級F

ビッグバードが消えた後に残ったのは、何やら見覚えのないアイテムだった。

「チキンですね」
「チキンだな」

店で売っているのを頻繁（ひんぱん）で見かけていたエルフちゃん&犬耳ちゃんは口を揃（そろ）えて回答する。

「……それは分かるんだが、どうしてパックに入っている状態でドロップしてくるんだろうか」


手に入れたアイテムを眺めながらも、ご主人さまは納得のいかなそうな面持ちだった。

白トレイの上に置かれた推定五〇〇グラムはあろうかというチキンは、透明のビニールによって包まれており、非常に衛生的な状態をしていた。

「えーっと。それの何がおかしいのでしょうか?」

小首を傾げるエルフちゃん。

ご主人さまは時々、こういう不思議な質問を口にした。

食材アイテムがドロップした時にパックに入っていることは、この世界の住人にとっては常識だったのである。

「お、俺がおかしいのか?　どう考えても不自然だと思うのだが……。う~ん……」

ご主人さまは一人、悶々とした気分に陥っていた。

⑪ 不思議な買い物（前編）

Isekai Elf no Dorei chan

こんにちは。エルフです。

突然ですが、皆さんはこの世のものとは思えない不思議な出来事を経験したことがありますか？

……ちなみに私はしょっちゅう経験しています。

具体的にはご主人さまと買い物に行くと絶対に不思議なことが起こるんです。

え？　それは何かって？

今日はその一部始終を紹介します。


〜〜〜〜〜〜〜〜〜〜


ダンジョンから戻った翌日のこと。

ご主人さま＆エルフちゃんは迷宮都市の市場を訪れていた。

何故か？

それというのもご主人さまが珍しく『今日は自分で料理をしたい』と言ってきかなかったからである。

こういうことは稀にあった。

ご主人さまは奴隷たちに、自分の故郷に伝わる珍しい料理を食べさせることを楽しみにしていたのである。


「留守番している犬耳ちゃんのためにもとびきりの食材を用意しような」

「そうですね！　道案内は任せて下さい」

意気込みを新たにした二人は、市場の探索を続けていく。

人通りの多い迷宮都市の市場は様々な露店で賑わっていた。


「オジサン。小麦粉一袋下さい」

「はいよ。一袋、三〇コルだよ」

最初にご主人さまが声をかけたのは、雑貨屋の商人の男であった。

「……よし。この中にある小麦粉だと、これと、これと、これが良さげっぽいな」

ご主人さまは一つ一つ観察して、目ぼしい商品を目の前に集めていく。

「……何か違うのでしょうか?」

「ハハハ。全然違うよ。こういう食材選びこそ、料理人のセンスが問われるところなんだよな」

「……さ、さすがはご主人さまです」

ドヤ顔で語るご主人さまであったが、エルフちゃんとしては納得がいかなかった。

いつもの『さすごしゅ』にもキレがない。

紙袋の上から小麦粉を見て、一体何が分かるというのだろうか?

エルフちゃんにとっては意味不明だった。

鑑定眼　等級B　アクティブ

(アイテム、生物の性能を見極めるスキル)

ご主人さまが優れた食材を選ぶことができるのは、勇者スキルである『鑑定眼』を保有しているからなのだが——。

当然それはエルフちゃんにとって知る由(よし)もないことであった。

⑫ 不思議な買い物（後編）

Isekai Elf no Dorei chan

「オジサン。小麦粉二袋下さい」

「ほいきた。今日は商品の売れ行きが良いからね。一〇パーセント引きの五四コルでいいよ」

「ありがとうございます」

商人の男との会話をエルフちゃんは怪訝(けげん)な眼差(まなざ)しで見つめていた。

「お姉さん。ショウガを一パック下さい」

「はいは～い。お兄さんの顔が昔飼っていたペットの犬に似ているからね。一割引きで良いわよ」

「ありがとうございます」

商人のお姉さんとの会話をエルフちゃんは恐怖の表情で見つめていた。

「オバサン。ニンニク一袋下さい」
「あいよ。今日のアタシは機嫌が良いからね。代金から一〇パーセント値引いておくよ」
「ありがとうございます」

そこまで聞いたところでエルフちゃんは我慢の限界を迎えることになった。

「洗脳ですか!? 怖すぎます!」

こういうことは過去に何度もあった。
ご主人さまが買物をしようとすると、商人は意味不明な理屈をつけて、絶対に一〇パーセント値引こうとするのである。

「ハハハ。日ごろの行いが良いからなんだろうね。得しちゃったな」

照れくさそうに頭を掻いたご主人さまは、白々(しらじら)しい説明をしていた。

値引き交渉　等級A　パッシブ
（店で売られているアイテムを一割引きで購入できるスキル）

ご主人さまが商品を安く購入することができるのは、勇者スキルである『値引き交渉』を保有しているからなのだが――。
当然ながらそれはエルフちゃんにとって知る由もないことであった。

⑬ からあげ

Isekai Elf no Dorei chan

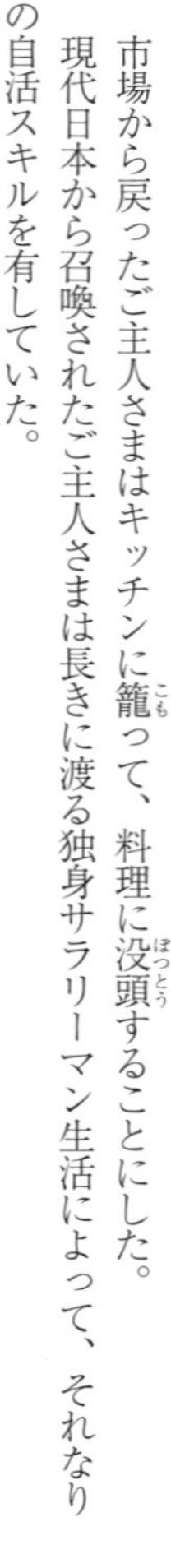

市場から戻ったご主人さまはキッチンに籠って、料理に没頭することにした。

現代日本から召喚されたご主人さまは長きに渡る独身サラリーマン生活によって、それなりの自活スキルを有していた。

本日の夕食はダンジョンで仕入れたチキン、市場で購入した小麦粉、ショウガ、ニンニクを使用した『からあげ』である。

「おおおおおぉぉぉ!?」

大皿の上に山盛りになった『からあげ』を目の当たりにしたエルフちゃん&犬耳ちゃんはキラキラと目を輝かせていた。

外はサクサク。中はジューシー。

黄金色の衣を纏った『からあげ』は、端的に言って非常に美味しそうだった。

「不思議です！　私、エルフなのでお肉とか苦手なんですけど！　これなら美味しく食べられます！」

「美味い……。美味すぎる……。田舎のチビたちにも食べさせてやりたいぜ……」

前回食べた『かつ丼』も絶品だったが、今回の『からあげ』もそれに負けず劣らずの出来栄えだった。

「あの……参考までに聞いておきたいのですが、ご主人さまはこの料理のレシピを何処で知ったのですか？」

「ああ。これは俺の故郷である東の国に伝わる料理なんだ」

得意気に語るご主人さまであったが、エルフちゃん＆犬耳ちゃんの表情は晴れなかった。

（出た！　東の国！）

二人が心の中でツッコミを入れたのは全く同じタイミングだった。

前回作った『かつ丼』の時もそうである。

ご主人さまが不思議な知識を披露する時は、決まって『東の国』に伝わるものだと説明していた。

疑問に思ったエルフちゃん&犬耳ちゃんは以前に地図で調べたのだが、東の海には何もないことを確認している。

ご主人さまは気付いているだろうか?

このブルーティアの街は世界的に見て極東の位置にあるのだった。

「あと他にも俺の故郷である東の国にはマヨネーズっていう調味料があるんだけど、これがまた美味しいんだぁ……。そうだ。今度機会があったら作ってみることにするよ」

ご主人さまの謎はますます深まるばかりである。

14 仕送り

Isekai Elf no Dorei chan

ご主人さまが作った夕食をとったエルフちゃんは、『夜のお勤め』まで、適当に時間を潰すことにした。

扉をノックしたエルフちゃんは、犬耳ちゃんの部屋に入っていく。

暇潰しをするなら、犬耳ちゃんと一緒にご主人さまの愚痴で盛り上がるに限る。

普段は何かと険悪な二人であるが、共通の敵の話題にのみ意気投合するのである。

「……あれ。お手紙を読んでいるんですか」

床の上にペタンと腰を下ろした犬耳ちゃんは、何やら熱心に手紙を読んでいるようであった。

「ああ。故郷にいるチビたちから手紙が届いてな」

「へぇ。どれどれ。見せて下さいよ」

「おいっ。勝手に見るな！」

嫌がる犬耳ちゃんから無理やり奪ったエルフちゃんは、手紙の内容に目を通す。


お姉ちゃんへ。

男の人の奴隷になって……エッチなことされていませんか？

妹は心配しております。

お姉ちゃんの好きだった食べ物を一緒に入れておきます。

これを食べて元気を出して下さい。

妹より

拙い文字で綴られておりながらも、その手紙からは底知れない家族愛が感じられた。

「良い妹さんじゃないですか」

「ああ。まったく……。オレなんかには出来過ぎなくらいの自慢の妹弟たちだよ」

その時、犬耳ちゃんの脳裏に過ったのは故郷に残してきた七人の妹弟の姿であった。

——自分が奴隷にならないと、他の妹弟たちが奴隷にされてしまうかもしれない。

そう考えた犬耳ちゃんは、今から一年ほど前に自ら奴隷になることを決意したのである。

（おやっ。この紙袋はもしかして……）

犬耳ちゃんの横には紙袋が置かれていた。

手紙の内容から紙袋の中に入っているものが、妹弟たちから送られてきた『犬耳ちゃんの好物』だということが分かった。

「ちょっと失礼。中、開けていいですか？」

犬耳ちゃんの返事を待たずに開封してみる。

紙袋の中にあったのはウジャウジャと蠢（うごめ）く緑色の物体であった。

「うぎゃあああああああああ！」

驚いたエルフちゃんは思わず紙袋を落としてしまう。

ピョンピョン。

ピョンピョン。ピョンピョン。

中に入っていた大量のバッタが部屋の中を跳ね回る。

その内の数匹が頭の上に乗って来たので、エルフちゃんは反射的に部屋の中をゴロゴロと転がった。

「なんだよ。大声出して。お前もバッタくらい普通に食べるだろ?」

「た、食べませんよ——!?」

本気で言っているのなら闇が深い。

今回の一件を通じて、犬耳ちゃんが生まれ育った悲惨(ひさん)な家庭環境が垣間見(かいまみ)えたような気がした。

⑮ 家庭環境

Isekai Elf no Dorei chan

「おいおい。お前、バッタも食べないとか金持ちかよ⁉」

本気で驚いている様子の犬耳ちゃん。

犬耳ちゃんにとって『奴隷』という職業は、貧困に喘(あえ)ぐ人間が最後に行きつく場所という認識であった。

だからエルフちゃんの『バッタを食べない発言』は、犬耳ちゃんを逆にビックリさせていたのである。

「いや。普通に貧乏でしたよ。貧乏でしたけど……さすがにバッタまでは食べませんでした……」

エルフちゃんが奴隷になったのは、金銭的な理由からではない。

そこには犬耳ちゃんのような『借金奴隷』とは少しだけ異なる事情があったのである。

「なぁ。エルフはどうして奴隷になったんだ?」

自分は犬耳ちゃんの家庭事情を知っているのに、犬耳ちゃんが自分の家庭事情を知らないのは、なんとなく不公平な気がしたから——。

エルフちゃんはそこで少しだけ自分の過去を語ることにした。

~~~~~~~~

それは今からおよそ三カ月前のことになる。

ここは迷宮都市ブルーティアから北西に六〇〇キロほど離れた場所にある『ノーミルの村』である。

一年のうちの半分以上は雪に覆(おお)われており、最寄(もよ)りの街に移動するのに三日もかかってしまうノーミルの村は端的に言って『超ド田舎(いなか)』であった。

どうしてこんな不便なところに村を作ったのか?
~~~~~~~~

その理由はエルフちゃんたちエルフ族の慣習にあった。

エルフ族とは本来、文明に触れることを良しとせずに山奥の中でひっそりと暮らしてきた種族なのである。

近年では都会に出てバリバリと働くエルフ族も増えてきたが、依然としてそういったエルフ族はまだまだ少数派であった。


（……退屈。退屈です）


エルフちゃんの家はノーミルの村の中でも一際、隅っこの方にあった。

窓の外に目をやると、何処（どこ）までも続く白色の雪がエルフちゃんの視界を塞（ふさ）いでいた。

こういう日は家の中に籠（こも）るに限る。

エルフちゃんは暖炉（だんろ）の前の椅子（いす）に腰をかけて、本の中の世界に身を投じることにした。

だがしかし。

現代日本と違って、この世界の本は高級品である。

何度も繰り返して同じ本を読んでいた結果、エルフちゃんの愛読書――『長耳姫（ながみみひめ）』はボロボロの状態になっていた。

（……私はこんな田舎で一生を過ごすなんて絶対に御免です！）

愛読書『長耳姫』のヒロインに自分の境遇を重ねてみる。

彼女もまたエルフちゃんと同じように田舎暮らしの貧乏娘であったが、ある日、街に出た折、唐突に王子さまに見初められ、自らの幸せを勝ち取ることに成功していた。

都会に出れば何か素敵なことが起きるに違いない――。

この時のエルフちゃんは、特に根拠もなくそんな確信を抱いていた。

⑯ 親友ちゃん

Isekai Elf no Dorei chan

ある晴れた日のことであった。

「エルフちゃん～。いますかぁ？」

聞き覚えのある声がエルフちゃんの家に響く。
玄関に足を運んで扉を開くと、そこにいたのは見知った少女の姿であった。
彼女の名前は親友ちゃん（仮）。
エルフちゃんの隣の家に住んでいるエルフ族の少女である。

「オラの家で大根が沢山採れたからぁ。お裾分けに来たんだぁ」

親友ちゃんの両手には丸々と太った大根が何本も抱えられていた。

「ありがとうございます。親友さん。今お茶を淹れるので上がって行って下さい」

エルフちゃんにとって親友ちゃんの家からの『お裾分け』は、生命線とも呼べるものであった。

何故ならば――。

親友ちゃんの家の畑は、エルフちゃんの家のものと比べて五倍以上の面積を誇っていたからである。

畑の大きさは先祖から引き継がれるものであって、後から覆すことは不可能だった。

こういった理不尽な格差が、エルフちゃんの中の『都会に対する憧れ』を加速させていたのである。

〰〰〰

家の中に親友ちゃんを招き入れたエルフちゃんは、さっそくもてなしの準備を整えることにした。

「粗茶ですが」

「悪いなぁ。いつもいつも」

もてなし、と言っても貧しいエルフちゃんの家庭では、大したことができるわけではない。

原価のかからない自家製のハーブティーを出してやるのがやっとであった。

ここにケーキの一つでもあれば最高なのだが、エルフちゃんの家にそれだけの金銭的な余裕はなかった。

「親友さん。最近、何か楽しいことってありましたか？」

「んん？　どうしたの急にぃ」

エルフちゃんの質問を受けた親友ちゃんは、暫(しばら)く「う〜ん」と考えてから口を開く。

「なんもないなぁ。辛(つら)いことならあるけどさぁ。最近、肩こりが辛くて辛くてぇ」

右腕をグルグルと回した親友ちゃんは長い溜息を吐く。

体が成長するにつれて親友ちゃんは、慢性的な肩こりに悩まされていたのだった。

ぽよよん。

ぽよよん。ぽよよん。

その時、エルフちゃんは親友ちゃんが腕を回すごとに胸が上下に揺れるのを見逃さなかった。

（クッ……。これが格差社会ですか⁉）

畑のサイズに関しては百歩譲（ゆず）って許せなくもないのだが、エルフちゃんにとってどうしても許せないのが胸のサイズだった。

エルフちゃんと同じ年齢にかかわらず、親友ちゃんの胸は今にも服を突き破るほど大きく成長している。

そのサイズは同郷の男エルフたちの間でも評判で、胸の大きなエルフ族の中でも抜きん出て大きなものであった。

⑰ 追い打ち

「ところで親友さんは村を出たいと思ったことはないんですか？」

日に日に成長していく親友ちゃんの胸に対する嫉妬心を抑えながらも、エルフちゃんは思い切って話題の転換を図ることにした。

「ん～。オラは特にそういうのはないなぁ。今の生活に満足しているよぉ」

のんびり屋の親友ちゃんにとって、ノーミルの村での暮らしは性に合ったものであった。

裕福な生活ができるというわけではないが、この村で暮らしていれば食べるものに困ることはなく、争い事に巻き込まれる不安もない。

多くのことを望まなければ、村での生活は快適なものだったのである。

「エルフちゃんは村を出たいんだよねぇ。みんな知っているよぉ」

田舎（いなか）の村の情報伝達速度は早い。

エルフちゃんのことが、既に村人の間では噂（うわさ）になっていた。

中には『都会に憧れるなんてけしからん！』と悪感情を持つものもいたが、親友ちゃんはエルフちゃんの気持ちを尊重していた。

「エルフちゃんはスゲェもんなぁ。オラと違って訛（なま）りもないしぃ。着ている服だってオシャレだもんなぁ」

「えへへ。そうでしょうか」

努力している部分を認められると素直に嬉しい。

都会に対する憧れの強いエルフちゃんは、いつか街に出た時のために独学で訛りを矯正（きょうせい）して、ファッションセンスも磨（みが）いていた。

「でも村を出るのはさすがに厳しいと思うよぉ。そんなの、村長が認めるとは思えないしぃ」

いつになく親友ちゃんの言葉がエルフちゃんの胸に突き刺さる。

ノーミルの村には『絶対に村を出てはいけない』という『鉄の掟』があった。

過去に脱走計画を企てた村人たちは、畑の一部を没収されて、今も惨めな生活を余儀なくされている。

かといって何の下準備もなく一人で村を出ようとすれば、途中で道に迷って遭難する可能性が高かった。

「分かっています……。分かっているのですが……。私はこの何もない村で何十年と同じ暮らしをすることに耐えられないのです」

本音を言うと今すぐにでも村を出て外の世界を見てみたかった。

けれども、そんなことをすれば一緒に住んでいる母にまで迷惑をかけてしまう。

ノーミルの村の『鉄の掟』は自由を求めるエルフちゃんを苦しめていた。

「……なぁ。知っているかぁ？　これは村長から聞いたんだけど、エルフの寿命って五〇〇年くらいあるらしいよぉ？」

悪意があるわけではないのだが、何処までも天然でエルフちゃんを追い詰めていく親友ちゃんだった。

⑱ 大ピンチ

Isekai Elf no Dorei chan

それから数日後。

エルフちゃんにとっての平穏な日常の崩壊は唐突(とうとつ)に訪れることになった。

ボガンッ！

ゴゴゴゴゴゴゴゴッ！

いつものようにエルフちゃんが本の世界に身を投じていると、外の方から何やら騒音が聞こえてくる。

「大変よ！　エルフちゃん！」

勢い良く扉の開く音。

扉の奥から現れたのは、エルフちゃんのお母さんである——エルフちゃん母（仮）であった。

昔はかなりの美人と評判だったエルフちゃん母であるが、今はほどよく肉が付き中年女性としての雰囲気が滲み出ていた。


「どうしたの。何かあったの？」

「今すぐ何処かに隠れて！　奴らが……奴らが来る前に……!?」


未だに状況が呑み込めない。

けれども、かつて見たことのない母親の真剣な表情から、何やら只事ではない事態が起きているということは理解できた。

ひとまずエルフちゃんは何も聞かずに家のベッドの下に隠れることにした。


ドガン！


家の扉を蹴飛ばして入ってくる男がいた。

突如としてエルフちゃんの家に上がり込んできたのは人相の悪い豚耳族の男であった。

豚耳族の男たちは次々に仲間を引き連れて、あっというまにエルフちゃんの家の玄関を占拠してしまう。

「なんだぁ？　この家にはババアしかいねえのかよ」

豚耳族の男はエルフちゃん母を見るなり、つまらなそうな表情を浮かべる。

「貴方たち……どうしてこんな酷いことを……」

「ぎひひっ。お前たちの国は戦争に負けたんだ。オレたちの国は、その賠償金の一部として若いエルフを奴隷として売り払う権利を得たっつーわけよ」

世はまさに弱肉強食。

強者が弱者から搾取するのが当然のこの世界では、戦勝国の者が敗戦国の者を奴隷として売却する行為が常態化していた。

戦争に負けて奴隷になった者は『戦争奴隷』と呼ばれており、市場では犬耳ちゃんたち『借金奴隷』の次に流通量の多い存在となっていた。

「おい！　家の中を調べろ！　村の中にはまだまだ若いエルフの娘が隠れているはずだ！」

リーダーの指示を受けた豚耳族の男たちは、土足で家の中に上がり込んで必死の探索を開始する。

美しい容姿を持ちながらも、老化のスピードが他の種族と比べて各段に緩やかなエルフ族は、奴隷市場における超人気商品だったのである。

「ひぅ〜ん。お、おがぁざざんんんん！」

豚耳族の男の一人は、手錠で拘束した親友ちゃんを連れていた。

臆病で平和主義者の親友ちゃんは、涙と鼻水で顔中をグシャグシャにしていた。

⑲ 商談成立

「……その子、お隣さん家の親友ちゃんね。彼女をどうするつもりなの？」
「そうだなぁ。まずは迷宮都市の奴隷商館に連れていくことにするよ。あそこで売った奴隷は良い値段がつくんだ」

迷宮都市ブルーティアは世界有数の奴隷大国であった。
奴隷が消耗品として利用されることが当然の迷宮都市では、性奴隷、家事奴隷、労働奴隷といったあらゆる種類の奴隷が一年中販売されていた。

（め、迷宮都市!?）

不覚にも胸をときめかせるエルフちゃん。
ノーミルの村で変化のない生活を強いられていたエルフちゃんにとって、冒険の日々に満ち溢れた『迷宮都市』という言葉は刺激の強すぎるものであった。

「エルフといえば奴隷の中でも超高級品だ。この娘もどこかの金持ちに買われることになるだろうな」

奴隷としてエルフを従えることができるのは、一部の特権階級の人間に限られている。

普通の冒険者では絶対に手が届かない高嶺の花というのが、奴隷エルフという言葉に対して一般人が抱いている印象であった。

（お、お金持ち!?）

ノーミルの村で貧乏暮らしを強いられていた『金持ち』という言葉は刺激の強すぎるものであった。

「し、しまった――!!　見つかってしまったぁっ！」

考えるよりも先に体が動いていた。

ベッドの下からゴロゴロと寝返りをして豚耳族の男たちに近づいていく。

「エ、エルフちゃん!?」

エルフちゃんを目にした親友ちゃんは驚きの声を上げる。
一体、何故？
どうしてエルフちゃんは自ら姿を現そうと思ったのか。
親友ちゃんにはその理由が分からなかった。

「こ、この卑怯者(ひきょうもの)っ！　早く私を奴隷にでも何にでもすればいいじゃないですか！」

キラキラと目を輝かせたエルフちゃんは、豚耳族に向かってグイグイと迫っていく。

「……な、なんだ。この小娘」

どう見ても自分から奴隷になりたがっているようにしか思えない。
エルフちゃんの不可解な行動に困惑した豚耳族の男は、引き攣(つ)った表情を浮かべるのだった。

〜〜〜〜〜〜〜〜〜〜

「というわけで、私は晴れて迷宮都市の奴隷商館に送り込まれることになったのですよ。えへへ」

「……いや。なんというかスゲーな。お前」

その時の犬耳ちゃんは、エルフちゃんに迫られた豚耳族と同じように引き攣った表情を浮かべていた。

20 朝のお勤め

Isekai Elf no Dorei chan

チュンチュンチュン。
窓の外から小鳥たちが囀る声が聞こえてくる。
東側から注がれる朝の陽ざしが、ご主人さまの顔を照らしていた。

「んんっ……」

たっぷり八時間の睡眠をとったご主人さまは、大きく伸びをしながら目を覚ます。
不意に下半身に違和感を覚える。
何かと思って毛布を捲ってみると、そこにいたのは懸命な奉仕を続けるエルフちゃんの姿であった。

「はぁ……。んっ。ちゅっ……。おはようございます……。ご主人さま……」

エルフちゃんが何をやっているのかというと『朝のお勤め』である。

朝の挨拶代わりにご主人さまの下半身を慰めることは、奴隷としての重要な責務の一つであった。

「どわっ！　な、何をやっているの!?　エルフちゃん！」

エルフちゃんに体を舐められたご主人さまは、わざとらしく驚いたリアクションを取っていた。

（この人……自分から命令しておいて……。なんて白々しい……）

もちろん今回の『朝のお勤め』もご主人さまのリクエストに応えただけである。

スケベなくせに妙なところで純情ぶるご主人さまであった。

㉑ 謎の仕事

その日、三人はテーブルを囲んで仲良く朝食をとっていた。
本日の朝食は、黒パン、豆のスープ、羊のミルク。
なんだか日に日に食事の質が落ちているような気がする。
奴隷という立場もあってあえて口にはしなかったが、三度の白飯より肉好きのエルフちゃんにとって質素な生活は堪(こた)えるものがあった。

「お金もなくなってきたし。今日は久しぶりに仕事に行ってくるよ」


さもそれが当然のことのようにご主人さまは言った。

奴隷ちゃんたちは顔をしかめる。

そもそもいつもの『スライム狩り』は仕事でないのか？

というツッコミ所はひとまず置いておくとして、ご主人さまの『仕事』は二人にとって謎のベールに包まれた存在であった。

ご主人さまが仕事に行った後は、決まって暫く食事が豪華になるのである。

「それじゃ、二人とも。家でおとなしくしているんだよ」

仕事用の『冒険者の服』に着替えたご主人さまは、玄関で靴を履くと奴隷ちゃんたちの元を後にする。

「なぁ。エルフ。オレたちたぶん今……同じこと考えているぜ」

「奇遇ですね。犬耳さんの方から言わなければ私から提案するところでしたよ」

普通に聞こうとしても、秘密主義を貫くご主人さまから満足の行く情報が引き出せる気がしない。

いつの時代も高収入の仕事というものには、リスクが付きものである。

もしかしたらご主人さまも危険な仕事に手を染めているのでは？　と二人は不安に感じていたのだった。

奴隷ちゃんたちは物置に向かい、適当な服を見繕い変装をする。

「今日の私たちの職業は奴隷じゃありません。『探偵』です！」

ババンッ！　鏡の前で決めポーズを取った奴隷ちゃんたちは、急いでご主人さまの後を追いかけるのだった。

㉒ 理想像

「あれ……。この先にあるのって……もしかして……」

ご主人さまの後を追っていると、見覚えのある道に入っていく。
辿(たど)り着いた先にあったのは――意外なことに冒険者ギルドだった。

「お、おかしいです。ご主人さまが真面目(まじめ)に働くなんて……。そんなことは天地がひっくり返ってもありえません！」

エルフちゃんの中のご主人さま像が崩れていく瞬間であった。
最強と呼ぶに相応(ふさわ)しい『チート能力』を与えられているにもかかわらず、スライム以外のモンスターと戦おうとせずに奴隷ちゃんたちにセクハラを繰り返すご主人さまは、まさに絵に描いたような『ぐーたら』であった。

もしも一人でダンジョンに潜って真面目にモンスターを討伐しているのだとしたら、キャラ崩壊も良いところだった。

「なぁ。エルフ。もしかしてオレたちは、ご主人さまに対してスゲー誤解をしていたんじゃないか？」

「犬耳さん……？」

真剣な雰囲気に圧倒されたエルフちゃんは固唾を呑んで次の言葉を待っていた。

「もしかしたら……ご主人さまがスライム以外のモンスターと戦おうとしないのって、オレたちの安全を考えてのことだったんじゃないのか？」

エルフちゃんの全身に電気が流れたかのような衝撃が走る。

「つ、つまり……今日は本気で戦うために私たちを家に残してきたということでしょうか……？」

多少の違和感は残るものの、話の筋は通っている。

奴隷ちゃんたちを連れて、ダンジョンの最下層に向かうのは様々な危険が付き纏（まと）う。

「ああ。優雅に泳ぐ白鳥は、決して人前で必死な姿を見せたりしないものなんだよ……」

ぽわわわ～ん。

奴隷ちゃんたちは、ダンジョンの中で並み居る凶悪なモンスターたちをバッタバッタと切り捨てるご主人さまの姿を妄想していた。

普段は『ぐーたら』なご主人さまが果敢（かかん）にモンスターを倒していく姿は、凄（すさ）まじい『ギャップ萌（も）え』を生み出していた。


（……素敵です！）

（……格好いいぜ！）

それぞれ理想の『格好いいご主人さま』を想像した、奴隷ちゃんたちの顔は赤くなっていくのだった。

㉓ 不可解な仕事

Isekai Elf no Dorei chan

それから。

奴隷ちゃんたちの尾行は続いた。

冒険者ギルドに足を踏み入れたご主人さまが真っ先に向かったのは、受付嬢さんのところであった。

（いきなり受付嬢さんのところに……。もしやここで高難度のクエストを……!?）

冒険者たちの視線を引き付けて離さないのは、ブラウスのボタンを弾き飛ばすかのような勢いで膨(ふく)らんだ胸である。

受付嬢さんの胸からは、エルフちゃん、犬耳ちゃんには存在しない魅力が漂っていた。

「すいません。魔石を買いたいんですけど」

ご主人さまの口から出てきたのは意外な言葉であった。

魔石。

それはモンスターを倒した際に高確率でドロップするアイテムのことである。
主な利用方法は、部屋の灯りをつける、キッチンのコンロに火をかける、トイレの水を流す、などなど。
この世界のインフラにおいて欠かすことのできない効果を発揮するアイテムとなっていた。
その流動性の高さもあって、冒険者ギルドでは常に魔石の販売、買取りを行っていた。

(魔石……？　どうしてお金もないのに魔石なんて……？)

ご主人さまの不可解な行動にエルフちゃんは首を傾げていた。
冒険者の仕事は、どちらかというと倒したモンスターからドロップした魔石を売ることであって、自ら魔石を購入する冒険者は珍しい存在であった。

「承知しました。今日は天気が良いので少しだけ値引きしておきますね」

例によって定価よりも安く魔石を購入できたのは、勇者スキル、『値引き交渉』の効果によるものである。

値引き交渉　等級Ａ　パッシブ
（店で売られているアイテムを一割引きで購入するスキル）

見事に割安で魔石をゲットしたご主人さまは、キョロキョロと不審な様子で冒険者ギルドを後にする。

「追いかけますよ！　犬耳さん！」
「おう！」

変装した奴隷ちゃんたちもそれに続く。

㉔ あくどい商売

Isekai Elf no Dorei chan

「な、なんだ……？　ご主人さまは一体何をするつもりなんだよ……？」

犬耳ちゃんは混乱していた。

何故ならば――。

外に出たご主人さまは何処に出掛けるでもなく、グルリと冒険者ギルドを一周しただけだったのである。

続いてご主人さまは再び受付嬢さんの傍に近づいていく。

「すいません。魔石を売りたいんですけど」

ご主人さまの口から出てきたのは意外な言葉であった。

（なっ。なんてことをっ――!?）

その瞬間、エルフちゃんはご主人さまの不可解な行動の意味を理解する。

ご主人さまは先程購入したばかりの魔石を受付カウンターの上に載せたのである。

「承知しました。今日は天気が良いので少しだけ値上げしておきますね」

定価よりも高く魔石を売却できたのは、勇者スキル『値上げ交渉』の効果によるものである。

値上げ交渉　等級Ａ　パッシブ
（手持ちのアイテムを一割増しで売却するスキル）

見事に割高な値段で魔石を売却したご主人さまは、キョロキョロと辺りを見回し不審な様子で冒険者ギルドを後にする。

「すいません。魔石を買いたいんですけど」

「すいません。魔石を売りたいんですけど」

「すいません。魔石を買いたいんですけど」

「すいません。魔石を売りたいんですけど」

「すいません。魔石を買いたいんですけど」

「すいません。魔石を売りたいんですけど」


それはこの世のものとは思えない——恐ろしい光景であった。

一割引きで購入したものを一割増しで売却する。

その一連の行動を繰り返したご主人さまの所持金は、雪だるま式に増えていくことになった。


「なぁ。エルフ。もしかしたら……ご主人さまの仕事って……」

「……犬耳さん。これ以上の詮索(せんさく)は止めておきましょう」


一体何故？

どうして受付嬢さんが不審に思わないのか不思議でならない。

勇者スキルの存在を知らない二人にとっては、ご主人さまの仕事内容はホラーでしかなかった。

「……世の中には知らない方が良いことも沢山あるのだと思います」

理不尽な現実を目にして何かを悟るエルフちゃんであった。

㉕ 素敵なステーキ

「おかえりなさいませ！　ご主人さま」

尾行をしていた奴隷ちゃんたちは急いで家に帰り、玄関の前でご主人さまの帰りを待つ。

仕事帰りの主人に対して労いの言葉をかけるのも奴隷としての責務の一つだった。

その日の夕食は、ご主人さまが作りたいと言ってきたので、奴隷ちゃんたちはリビングの中で料理の完成を待つことにした。

「じゃん！　おまたせ！　今夜は御馳走だよ！」

待機すること三〇分後。

キッチンに籠っていたご主人さまが奴隷ちゃんたちの前に現れる。

「「わぁ……！」」


本日の夕飯は市場で購入した最高級ビーフを使用したステーキであった。

分厚い肉の上にはご主人さま特製、『東の国』に伝わるBBQソースがかけられている。

ご主人さまの故郷に関する謎は深まるばかりであったが、目の前のステーキに心を奪われたエルフちゃんは考えるのを止めることにした。

「素敵です！　奴隷である私がこんな贅沢をして良いんでしょうか……」

「もちろんだよ。エルフちゃんはいつも頑張ってくれているからね。これは当然の報酬だよ」

奴隷に対しても分け隔てなく贅沢をさせるところは、他にはないご主人さまの美点である。

無類の『肉好き』であるエルフちゃんは、口の中を涎でいっぱいにしていた。

「なぁ。エルフ」

「はい♪　なんでしょうか。犬耳さん」

テンションを上げるエルフちゃんとは対照的に、犬耳ちゃんの表情は晴れなかった。

「この肉を食べたらオレたちも共犯になんじゃ……？」

冷静に考えると、このステーキがご主人さまの洗脳能力で手に入れた資金で購入されたことは疑いようのないことであった。

ポロリッ。

動揺したエルフちゃんは、フォークの先からステーキを落としてしまう。

「あ、あれって……。やっぱり犯罪になるんでしょうか……」

大好物の肉を前にしているにもかかわらず、素直に喜ぶことができない。

国営の冒険者ギルドから着服がバレると、最悪の場合『国家反逆罪』の罪を着せられかねない。

恐怖の感情に駆られたエルフちゃんはワナワナと震えるのだった。

㉖ 洗脳の恐怖

Isekai Elf no Dorei chan

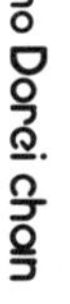

その日の『夜のお勤め』は、エルフちゃんが担当することになっていた。
リビングに貼られているカレンダーの日付には、ご主人さまと共に夜を過ごす女の子の名前が書かれている。

一日目　エルフちゃん
二日目　犬耳ちゃん
三日目　エルフちゃん&犬耳ちゃん

たとえばこんなような感じである。

ご主人さまの『毎日同じ相手だと飽(あ)きる』という世の女性のみならず、男性の大半も敵に回すような発言によって、家の中ではローテーションが組まれていた。

このスケジュールはご主人さまの気分によって、急遽(きゅうきょ)変更になる可能性もあるので、居間に貼られているカレンダーは小まめにチェックをする必要があった。

「……ご主人さま。『夜のお勤め』を果たしにやってきました」

物置部屋の中でネグリジェに着替えたエルフちゃんは、寝室の前で声をかける。

ガラガラガラ。

扉を開くと既にパンツ一枚の状態でベッドの上で寝転がっているご主人さまの姿があった。

「やぁ。待っていたよ。エルフちゃん」

ご主人さまに耳を触れられたエルフちゃんは、ビリビリと体が熱くなっていくのが分かる。

普段の『ぐーたら』な雰囲気がウソのよう——。

ご主人さまは夜になると別人のようにテクニシャンとなるのだった。

〰〰〰〰〰〰〰〰

結局、その日のエルフちゃんは、ご主人さまが満足するまで三度も抱かれることになった。
体がジンと甘く痺れて、頭の中がボーッとする。
ご主人さまの腕の中で眠っていると、不思議と心の底から『幸せ』を感じることができた。

（まったく……こんな人の何処に惹かれたんでしょうか……）

エルフちゃんの目から見て、ご主人さまは特別にイケメンというわけでも、特別に性格が良いというわけでもなかった。
天から授かった『チート能力』こそあるものの、今のところそれで偉業を成し遂げようという意思があるわけでもなく――。
どちらかというと甲斐性なしで、異性としての魅力は感じにくいタイプのはずであった。

「あっ……」

瞬間、エルフちゃんは今まで無意識のうちに考えないようにしていた可能性に気付いてしまう。

「……私のことは洗脳していませんよね？」

「何言っているの？」

今朝のこともあり、この世の全てに対して、疑心暗鬼になりつつあるエルフちゃんであった。

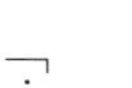

㉗ 処刑宣告

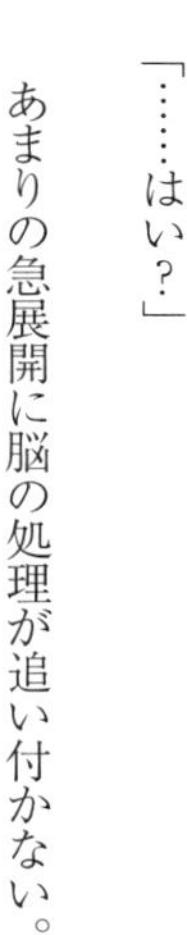

Isekai Elf no Dorei chan

チュンチュンチュン。

耳を澄ませば小鳥たちの囀る声が窓の外から聞こえてくる。

「え～。今朝は新しい奴隷を買いに行こうと思います」

いつもと変わらない朝食の時間。

奴隷ちゃんたちにとって『処刑宣告』とも取れる爆弾発言は、唐突に落とされることになった。

「……はい？」

あまりの急展開に脳の処理が追い付かない。

エルフちゃんはベーコンエッグにフォークを突き立てたままフリーズしてしまう。

ドロドロとした半熟の黄身が皿の中に漏れ出していく。

「ま、待ってくれよ！　ご主人さま！　どどどど、どうして新しい奴隷が必要なんだ!?」

かろうじて会話のできる余力が残っていた犬耳ちゃんは、真っ先に疑問の声を上げる。

「もちろんそれはパーティー増強のためだよ」

キリッとした凜々しい表情でご主人さまは言った。


(……絶対に嘘だ!?)


二人が心の中でツッコミを入れたのは全く同じタイミングであった。

大方、昨日の『仕事』で大金を手に入れて経済的な余裕が出てきたからなのだろう。

ハーレム願望の強いご主人さまにとって、奴隷の女の子は何人増えても嬉しい存在だったのである。

「いいかい。これは他ならない二人のためでもあるんだよ？　新しい奴隷が増えれば、その分二人の家事の負担だって減らすことができるじゃないか」

文章に起こすと筋は通っているような気がするが、不思議と全く説得力がない。

何故ならば――。

（どうして私たちの胸を見ているんですか――!?）

先程からご主人さまはチラチラと奴隷ちゃんたちの胸を見ては、やれやれと大きく溜息を吐いていたからである。

「だから新しく巨乳の……ゴホンッ。優秀な奴隷を買うことによって、それぞれの仕事をシェアして、アウトソーシング、シナジー効果を生み出していければと思うんだ」

「「…………」」

その時点でエルフちゃん&犬耳ちゃんは悟った。

今更、何か言ったところで運命は変えられない。

──ああ。この人……新しく巨乳の奴隷を買う気でいるんだな、と。

㉘ 作戦会議

Isekai Elf no Dorei chan

ご主人さまの『新しい奴隷の購入宣言』によってエルフちゃん&犬耳ちゃんの間には、かつてない緊張感が漂っていた。

「……こ、これはまずいことになりましたよ」

これまで一緒に生活していて薄々と勘付いてはいたのだが、ご主人さまはかなりの『巨乳好き』である。

何故ならば——。

事あるごとに『おっぱい』、『巨乳』といったワードを口にしていたし、酷い時にはエルフちゃんの慎ましいサイズの胸を揉みながら溜息を吐いたこともあったからである。

「なぁ。エルフ。もしも新しい奴隷が家にやってきてオレたちが用済みになった場合、どうなっちまうんだ？」


信じたくない未来だが、可能性としては十分に考えられる。

目を閉じると、巨乳美女たちに囲まれてウハウハ状態のご主人さまの姿を簡単に頭の中に浮かべることができた。

「——簡単なことですよ。中古の奴隷として売られて、『次の』ご主人さまの元で仕事をするだけです」


この世界において『中古奴隷』ほど悲惨な末路を行く者はいなかった。

一般的に奴隷の値段というものは、二人目、三人目、四人目と主人を経由するごとに下がっていく。

当然『低い値段』で買われるほどに、生活のレベルが落ちてしまうリスクが上がる。

最終的に買い手のいなくなった女奴隷は、スラムの浮浪者を相手にした性ビジネスの片棒を担がされることもあった。

中には家から出されるのと同時に主人から『自由』を与えられる奴隷もいたが、そんなケースはごくごく僅かである。

保有者にとって奴隷とは立派な資産の一つ。

無償で手放すような物好きは多くない。

「……特に犬耳さんは『二回目』ですからね。相当に安く買い叩かれてしまうかもしれません」

瞬間、犬耳ちゃんの脳裏に過ったのは『前の主人』から虐待を受けていた日々のことであった。

辛かった思い出の数々を脳裏にフラッシュバックさせた犬耳ちゃんは、頭の耳をたたんで落ち込んでいた。

「……ごめんなさい。今の私の言葉、少し無神経だったかもしれません」

「いや。いいんだ。こういうのはハッキリ言ってくれた方が助かるぜ」

ピシリと頬を叩いた犬耳ちゃんの目に、再び生気が宿り始める。

「どっちにしろ、新しい奴隷の購入は絶対に阻止しないとな」

「ええ。私の目が黒いうちは、この家の敷居を巨乳の女に跨がせるわけにはいきません！」

エルフちゃん&犬耳ちゃんは、決意を新たにするのだった。

29 奴隷商館

Isekai Elf no Dorei chan

それから。

エルフちゃん&犬耳ちゃんは、ご主人さまの後ろにピッタリついて歩いていた。

世はまさに弱肉強食。

強者が弱者から搾取するのが日常なこの世界では、奴隷の販売が当然のように行われている。

特に奴隷需要の高い迷宮都市ブルーティアでは、街のド真ん中に数多くの奴隷商館が建ち並んでいる。

数々の新規参入業社が相次いだ結果、奴隷販売業界は未曾有のレッドオーシャンに突入していた。

「あれ。どうしたの二人とも?」
「「……………」」

ここはブルーティアの中でも特に奴隷の売買が盛んに行われている通称、『奴隷市場』である。

奴隷商館に対してあまり良い思い出がないエルフちゃん&犬耳ちゃんは、ご主人さまの傍に張り付いてプルプルと震えていた。

奴隷商館　【帝亭(みかどてい)】

三人が辿(たど)り着いた先にあったのは『帝亭』という名前の名の奴隷商館であった。

「いらっしゃい。おやっ。お客さん。ウチの店は初めてかな」

奴隷商人という職業はそのほとんどが人相の悪い男と相場が決まっているのだが、店の中から出てきたのは意外にも普通のオジサンだった。

「おおっ。この店の人は随分(ずいぶん)と優しそうな人なんですね」

店の主人であるヒゲのオジサン（仮）は、奴隷商人とは思えないほど人当たりの良さそうな外見をしていた。

年相応に膨らんだお腹と薄くなった髪の毛が、優しそうな印象を強調している。

「油断するな。エルフ。こういう普通を気取っている人間が意外と危険だったりするんだ」

「たしかに……。言われてみれば……。もの凄い粘っこい鬼畜な攻め方をしそうな人に見えてきました……」

頭の中で始まった妄想を止めることができない。

意外にもムッツリスケベなエルフちゃんだった。

30 NG権

「お客さまはどのような奴隷をお探しでしょうか」

「おっぱい！　おっぱいの大きい美少女でお願いします！」

ヒゲのオジサンからの質問を受けたご主人さまは、テンション高めで返事をする。

（いよいよ自分の欲望を隠さなくなってきましたね……）

本音がダダ漏れ状態のご主人さまに対して、エルフちゃんは冷ややかな視線を送っていた。

「胸の大きな美少女ですか……。ウチの店にも一人、いないこともないのですが……。これがなかなか買い手の見つからない問題児でして」

「おかしなことを言うんですね。胸の大きな美少女なんて引く手数多じゃないですか」

「もちろん。人気でいうとウチの店でも圧倒的に一番なのですが……お客さんは『NG権』という言葉をご存知でしょうか？」

「…………？」

頭に疑問符を浮かべるご主人さまに向かってヒゲのオジサンは説明をする。


NG権。


それは奴隷が自ら主人となる人間を選択できる権利のことである。

――事情があって奴隷として自分を売りたいが、仕える相手は選びたい。

そんなニーズに応えたNG権は、供給不足に悩まされる奴隷業界にイノベーションを起こしていた。

NG権はもっぱら高級奴隷が有していることが多いので、高価な奴隷を購入したい場合は、資金力だけではなく主人の人格が試されることも多かった。

「お客さんも一度、面会していきますか？」

「せっかくなのでお願いします」

その少女は、『NG権』を連発した結果、色んな奴隷商館をたらい回しにされている問題児だった。

——どうせ今回も断られるに決まっている。

ヒゲのオジサンはひっそりとそんなことを考えていた。

(何でしょう……。凄く……嫌な予感がします……)

普段は『ぐーたら』なくせに妙なタイミングで奇跡を起こしてしまうのが、ご主人さまという男である。

勘の鋭いエルフちゃんは胸の中に嫌な予感を覚えるのだった。

㉛ 性癖です

Isekai Elf no Dorei chan

ヒゲのオジサンに連れられて、辿り着いたのは奴隷商館の面会室であった。

「ここから先に入れるのは購入希望者のみになります。お二人はこちらのソファでくつろいで下さい」

恐れていたことが起きてしまった。

この店は一般的な奴隷商館と違って、奴隷同士の面会が禁じられているシステムだったのである。

「――おい。どうするんだよ。エルフ」

「見守りましょう。私たちにできることは……それくらいしかありません」

ソファに座りながらも奴隷ちゃんたちはガラス越しに面会室の中を覗き込んだ。

部屋の中にはまさに『巨乳美少女』という言葉を体現したかのようなセクシーな女性が待機していた。

「ふ～ん。貴方がアタシのご主人さま候補ね」

その少女、サキュバスちゃん（仮）は、ご主人さまの姿を見るなり妖しげに微笑んだ。

サキュバスちゃんの足を組み換える仕草は、同性のエルフちゃんから見てもドキドキしてしまうものであった。

「いいわ。気に入った」

「……はい？」

サキュバスちゃんは、呆気に取られるご主人さまの頬を細長い指でなぞっていく。

「アタシ、貴方の奴隷にならなってあげてもいいわ。一見すると冴えない感じの外見だけど、貴方からはこう……女の勘がビビッと反応したのよね」

見事に目的を遂げたものの、ご主人さまの中の疑問は尽きなかった。

「……あの、どうしてキミは奴隷になろうと？」

奴隷として売られている少女たちの多くは、世界に対して絶望しているような虚ろな目を持っているのだが――。

サキュバスちゃんからは一切の悲壮感が感じられない。

一体何故？

どうしてサキュバスちゃんは奴隷商館で売られることになったのか？

購入を決める前にどうしてもそこだけは聞いておきたかったのである。

「そういう性癖だったのよ」

恍惚とした表情でサキュバスちゃんは答える。

「アタシ、昔から好きな男の奴隷になって、モノを扱うかのように乱暴にされたいって願望があったのよね……。ようやく長年の夢を叶えられそう」

　さすがにその回答は予想外だった。

　自分に劣らず欲望ダダ漏れの美少女を前にしたご主人さまは、思わず呆気に取られるのだった。

㉜ 目で殺す

Isekai Elf no Dorei chan

「ねぇ。もしかして貴方、大きなおっぱいが好きなのかしら？」

「ど、どうして？」

「さっきからずっと見ているから。女って男が考えているよりもずっと、自分に向けられている視線に敏感なのよ」

「…………」

図星を突かれたご主人さまはカァァァッと頬を赤らめていく。

ご主人さまの女性遍歴はこれまで、エルフちゃん、犬耳ちゃんといった胸が小さく幼い外見の女の子たちだったので、サキュバスちゃんのような女性に対する耐性は皆無だったのである。

「ね。良かったらこの部屋でアタシの体、試していかない？」

次にサキュバスちゃんの取った行動は、周りにいる者たちの度肝を抜くものであった。
何を思ったのかサキュバスちゃんは——ご主人さまの手を取り、それを自らの胸に置いたのだった。

「————!?」

購入前の女奴隷に手を付けるのは、国の法律によって禁じられているタブー中のタブーであった。
何故なら奴隷の『処女性』は、商品の価値に直結する重要なステータスであり、これを減らすことは『器物損壊』、『窃盗』と何ら変わらなかったからである。

（スゲー！　これが大きな胸の感触!?）

ダメだと分かっても胸を揉む手を止めることができない。
ふにふに。
ふにふに。ふにふに。

ご主人さまの表情は、途端にだらしのないものになっていく。

（……ふふふ。ちょろいちょろい。これで今日からアタシはこの男のモノね）

サキュバスちゃんが確かな手応えを感じた直後だった。

ズゴゴゴゴッ。

瞬間、サキュバスちゃんは思わず鳥肌が立つような凄まじい殺気を感じることになる。
殺気のした方に視線を移すと、そこにいたのは目で人を殺しそうな形相（ぎょうそう）のエルフちゃん&犬耳ちゃんであった。

「キシヤヤヤヤヤー」
「ガルルルルルルル」

そんなに大きな胸が好きなのか⁉

という理不尽な怒りによって我を忘れた奴隷ちゃんたちは、ガラス窓に張り付いて猛獣のような唸り声を上げていた。

「……や、やっぱりこの人もＮＧで」

どんなに主人が魅力的でも、この二人と一つ屋根の下で暮らすのは遠慮したい。

サキュバスちゃんは引き攣った表情で、ご主人さまの体を引き離すのだった。

33 二人が一番

Isekai Elf no Dorei chan

「あ〜あ。振られちゃったなぁ……」

それから。
他に目ぼしい奴隷を見つけることができなかったご主人さまは、奴隷商館を後にしようとしていた。

「……何故か俺、昔から全く女子にモテなかったんだよなぁ」

この台詞を本気で言っているのだからタチが悪い。
エルフちゃんの目から見て、ご主人さまほどスペックと実際のモテ具合が釣り合わない男はいなかった。

「元気を出して下さい！　新しい奴隷さんならまた今度買えばいいじゃないですか」

「そうだよ！　ご主人さまにはオレたちが付いているぜ！」

今このタイミングこそがご主人さまからの好感度を獲得する最大のチャンスである。

そう考えた奴隷ちゃんたちは、それぞれご主人さまの腕を取って、励ましの言葉をかける。


「……二人とも」

他者からの優しさに触れたご主人さまは、ウルウルと涙腺を緩ませていた。

（やれやれ。一時はどうなることかと思いましたが……）


理由は分からないが、サキュバスちゃんが『NG権』を使ってくれて命拾いをした。

ご主人さまが今後、新しい奴隷を欲しがらないためには今まで以上に献身的な奉仕を続けるしかないだろう。

その日の『夜のお勤め』はいつもより激しいものになるのだった。

届け物

カーテンの隙間(すきま)から朝の日差しが差し込んでくる。

昨夜、遅くまでご主人さまに抱かれていたエルフちゃん&犬耳ちゃんは、グッタリとした様子でベッドの上に転がっていた。

不意にドタドタと元気良く廊下(ろうか)を走る音が聞こえてくる。

「起きてくれ！　二人とも！」

勢い良く扉を開いて現れたのは、ご主人さまであった。

「う～ん。どうかしましたか。ご主人さま……」

「も、もう少し休ませて欲しいぜ……」

いかにもエネルギッシュなご主人さまとは対照的に、奴隷ちゃんたちの表情は疲れ果てたものである。

普段は『ぐーたら』なのに夜になると無限の体力を発揮するのが、ご主人さまという男であった。


「届いたんだよ！　届いたんだよ！　念願のアレが！」


ご主人さまの両腕には大きめの紙袋が抱えられていた。

紙袋には『帝亭（みかどてい）』という文字が書かれている。

見覚えのあるロゴを目の当（ま）たりにしたエルフちゃんは小首を傾（かし）げていた。

㉟ メイド服

Isekai Elf no Dorei chan

ガシャガシャガシャ。

紙袋を開けると中から出てきたのは、フリフリとした装飾のついたミニスカートのメイド服だった。

「じゃじゃ～ん！　昨日、奴隷商館のオジサンに勧められてさ。ついつい買っちゃったんだよね～」

「「…………」」

相変わらずテンションの高いご主人さまとは対照的に、奴隷ちゃんたちの反応は冷めたものであった。

「なぁ。ご主人さま。メイド服なら物置部屋にもなかったか？」

「チッチッチッ。あんな安物のコスプレ衣装と一緒にしてもらっては困るんだよなぁ。生地が違うのよ！　生地が！」

「……コスプレ衣装だという自覚はあったのですね」

初代メイド服は『これは家事をするために必要なものだ！』と言ってなけなしの貯金を叩いて買ったものだったのだが、ここにきてご主人さまの本音が出た。

安物買いの銭失い、とはよく言ったものだろう。

あまりにチープな作りをしていた初代メイド服は、買って早々に飽きられて物置部屋に放置されることになったのである。

「ねっ！　早速着てみてよ！」

これが対等な恋人同士の関係であったら『気乗りしないから』という理由で断る選択肢もあったのかもしれない。

しかし、悲しいかな。

奴隷としてご主人さまに買われている二人に拒否権は存在しないのである。

〜〜〜〜〜〜〜〜〜〜

ご主人さまの命令を受けた奴隷ちゃんたちは、さっそく別室で新品のメイド服を着てみることにした。

「おお〜。よく似合っているよ。二人とも」

初代の安物のメイド服とは訳が違う。
大枚(たいまい)を叩いて購入しただけのこともあり、二代目メイド服の着心地は抜群(ばつぐん)であった。
鏡に映った姿が意外に様(さま)になっていたこともあり、奴隷ちゃんたちのテンションは少しだけ回復していた。

「お願い！　その恰好(かっこう)で『おかえりなさいませ。ご主人さま』と言ってくれないか！」

息を荒くしたご主人さまは二人に向かってリクエストをする。

「はい。いいですけど……」

「まぁ、ああいう感じだよな」

なんとなく求められていることを察した奴隷ちゃんたちは、スカートの裾(すそ)を持ち上げて上目遣いをする。

「「おかえりなさいませ。ご主人さま」」

二人の声が上がったのは、ほとんど同じタイミングであった。

「ぐはっ！」

奴隷ちゃんたちの可愛(かわい)さにノックアウトされたご主人さまは、そのまま地面に倒れてしまう。

言われたことを漫然と行うのではなく期待の一歩先を行くのが、出来る奴隷の仕事であった。

36 いつものやつ

その日の朝食はいつもより遅い時間に始まることになった。

スクランブルエッグ、ブルーベリーのヨーグルト、ローストビーフ、パンケーキ、などなど。

魔石の転売で稼いで来たばかりで家計が潤っているからだろう。

ご主人さまが自ら用意した朝食は、普段と比べて格段に豪華なものであった。

「うわぁ……。奴隷である私がこのような贅沢をしても良いのでしょうか」

「もちろんだよ。エルフちゃん」

エルフちゃんが『さすごしゅモード』に入ると、ご主人さまは普段以上に上機嫌な様子だった。

このチャンスを犬耳ちゃんは見逃さない。

犬耳ちゃんはチラチラとご主人さまの顔色を窺いながらも、自らの席に置かれている料理を床の上に置き始める。

「ん。何をしているんだい。犬耳ちゃん」

「はい。ご主人さまに作ってもらった食事を頂こうかと」

もちろん犬耳ちゃんの中には、床の上で食事をとろうなどという気はサラサラない。

その様子はエルフちゃんの目から見ると非常にあざといものがあった。

「大丈夫。床の上で食べないでいいから。こっちに来て一緒に食べよう」

「えっ。本当に……？　テーブルの上で食べてもいいのか？」

「もちろんだよ。俺たちは同じ屋根の下で暮らす仲間じゃないか」

この　床下で食事をとろうとする　↓　ご主人さまがテーブルの上で食べることを許可する

という一連の流れは、ご主人さまを上機嫌にさせる鉄板ネタであった。

奴隷商館で配布されている教科書『奴隷の心得～ご主人さまを喜ばせるための基本テクニック～』の一ページ目に記述されている内容である。

（……何度もやっているのによく飽きませんね）

早くもメイド服の効果が現れているのだろうか？

接待を受けるご主人さまは普段以上に上機嫌な様子であった。

㊲ 特殊性癖

Isekai Elf no Dorei chan

朝食をとった後は、後片付けの時間である。

食事の準備と後片付けに関しては、もっぱらエルフちゃんが担当することが多かった。

（まったく……。ご主人さまの無駄遣いには困ったものです……）

溜息を吐きながらもエルフちゃんは、淡々と皿洗いをこなしていく。

ノーミルの村にいた頃から家の仕事を任されていたこともあり、その手際は堂に入ったものであった。

「はぁ……はぁ……。エ、エルフちゃん……」

そんなエルフちゃんの元に忍び寄る人影があった。

何気ない日常の一コマ。
エルフちゃんが食器を洗っている後ろ姿も、メイド服を身に着けているだけで途端にフェティシズムに溢れるものになってくるのである。
ガバッ。
理性を失ったご主人さまは、背後からエルフちゃんのスカートの中に潜り込んだ。

「うわっ」

ビックリしたエルフちゃんは思わず素の声を出してしまう。

「はぁ……はぁ……。ガーターベルト……」

できることならこのスカートの中に永住権を取得したい。
スリスリとガーターベルトに頬擦りをするご主人さまは、今までに見たことがないほどの幸せそうな表情を浮かべていた。

「ちょっ。ちょっと……。くすぐったいですよ」

鼻息が太モモにかかってもどかしい。

バコリッ！

なんとか振りほどけないかと試行錯誤していると、エルフちゃんの膝がご主人さまの顎にヒットする。

「あっ……」

エルフちゃんの表情は途端に青ざめたものになっていく。

何故ならば――。

たとえ事故であっても主人に対する暴力は、その場で打ち首にされても文句は言えない大失態だったからである。

「い、今の……もう一回……」

床に倒れてピクピクと痙攣したご主人さまは、何故か頬を赤らめていた。

メイド服を着た美少女に蹴り飛ばされることは、ごくごく限定された性癖を持った男にとっては歓迎すべきことだったのである。

(私のせいでご主人さまが変態に!?)

事故を咎(とが)められなかったことに関しては良かったのだが、別の意味で罪悪感を覚えるエルフちゃんであった。

38 着た意味は？

Isekai Elf no Dorei chan

日も暮れて夜になった。

結局、その日のご主人さまはダンジョンには潜らずに一日中、家の中でゴロゴロしているだけであった。

少し金銭に余裕ができたと思ったら、この調子である。

このままいくと次の『仕事』の日まで、そう時間はかからなそうであった。

（……やれやれ。ようやくメイド服から解放されます）

本日の『夜のお勤め』は、犬耳ちゃんの当番の日である。

メイド服を脱いだエルフちゃんは、さっそく寝間着（ねまき）に着替えることにした。

ハイテンションのご主人さまに付き合っていたせいか体に疲労が溜まっている。

今夜はグッスリと眠れそうだった。

〜〜〜〜〜〜〜〜〜〜

一方、所変わってここは寝室である。

「うおおおお！　メイド服！　うおおおおお！」

「アハハハ……。ご主人さまに気に入ってもらえて……嬉しいぜ……」

寝室の中には既に服を脱いで臨戦態勢に入ったご主人さまと、メイド服姿の犬耳ちゃんがいた。

「はぁ……。はぁ……。ガーターベルト……」

「うう……。ご主人さま。くすぐったい……」

さきほどのようにスカートの中に潜り込んだご主人さまは、幸せそうにガーターベルトに頬擦りをしていた。

できることならこのスカートの中に永住権を取得したい。

やがてガーターベルトの感触に満足したご主人さまは、ブラウスのボタンに手をかけて、犬耳ちゃんが着ているメイド服を脱がしていく。

「ぬほー。本物のメイドさんを脱がせているみたいで興奮する！」

メイド服を脱いで下着姿になった犬耳ちゃんに、ご主人さまはご満悦（まんえつ）の様子であった。

ぽーいっ。

手にしたメイド服を天井に放り投げたご主人さまは、犬耳ちゃんの体をベッドの上に押し倒す。

（……わざわざ着た意味あったのかな？）

最終的に脱がせて裸にするのであれば、途中に何を着ていようが変わらない気がする。

裸にされてベッドに寝転がる犬耳ちゃんは、心の中でツッコミを入れるのであった。

39 夢見るエルフちゃん

Isekai Elf no Dorei chan

ギシギシギシ。
隣の寝室からはベッドが軋む音が聞こえてくる。
一方のエルフちゃんは、自分の部屋ですやすやと寝息を立てていた。
その日、エルフちゃんは久しぶりに夢を見ていた。
それは今からおよそ二カ月前――。
豚耳族の男たちに連れられて、ノーミルを出た直後のことであった。

〜〜〜〜〜〜〜〜

そこは薄暗くて、獣臭い場所であった。
ノーミルの村で戦奴隷となった年若いエルフたちは、馬車の荷台に詰められて迷宮都市ブルーティアに向かっていた。

ガタガタガタッ！

険しい山道を下っているせいか、荷台の中の環境は劣悪なものであった。

座っているだけで腰が痛んで、車内の揺れに耐えきることができず吐き出してしまうエルフもいた。

「ひう～ん。お、おがぁざざんんんん！」

悲しみに暮れるエルフたちの中で、一番大きな声で泣いている女の子がいた。

彼女の名前は親友ちゃん。

エルフちゃんとは対照的に、胸の大きなエルフ族の女の子であった。

「はい。親友さん。これで顔を拭いてください」

エルフちゃんは、涙で顔をグシャグシャにする親友ちゃんに向かって、ハンカチを差し出した。

ゴシゴシゴシ。

仄(ほの)かにハーブの香りが残るハンカチで顔を拭(ぬぐ)った親友ちゃんは、僅(わず)かに落ち着きを取り戻したようだった。

「グスッ……。エルフちゃんはすごいなぁ……。こんな場所にいても冷静で……オラとは大違いだぁ……」

「元気を出して下さい！　親友さん！　こういう時はポジティブに考えましょう！」

「そ、そんなこと言われてもぉ……」

「想像してみて下さい！　もしかしたらこの先、迷宮都市で素敵な出会いが待っているかもしれませんよ！」

その時、エルフちゃんの脳裏(のうり)に過(よぎ)ったのは愛読書である『長耳姫(ながみみひめ)』の中に登場する王子さまであった。

本の中のヒロインは勇気を出して都会に出たところ、憧れの王子さまに見初(みそ)められることになったのである。

——もしかしたら自分にも同じようなことが起きるかもしれない。

そう考えるとエルフちゃんは頬が緩むのを抑えることができなかった。

（……ど、どうしてエルフちゃんは笑っているんだぁ？　オラたち奴隷として売られるんだよお⁉）

もしかしたら恐怖に駆られて頭がおかしくなってしまったのだろうか。

不気味に笑うエルフちゃんを前にした親友ちゃんは、ますます不安になっていた。

40 理想と現実

それから。

馬車を走らせること丸二日。

南に向かって五〇〇キロほど移動すると、迷宮都市ブルーティアが見えてくる。

ガヤガヤ。

ガヤガヤ。ガヤガヤ。

耳を澄ませると、沢山(たくさん)の人々が織(お)り成す雑多な生活音が聞こえてくる。

目的地である奴隷商館に近づいていることは、荷台の中にいるエルフちゃんたちも朧気(おぼろげ)ながら察していた。

「降りろ」

豚耳族の男に指示されるままに中にいたエルフたちは荷台を降り始める。
長時間に渡り荷台の中に監禁(かんきん)されたせいか、さすがのエルフちゃんも疲弊(ひへい)した様子であった。

（この先に私の王子さまが……）

ぼんやりと頭の中で理想の王子さまの姿を想像しながらも、エルフちゃんは前を歩く親友ちゃんの背中を追っていく。

奴隷商館【亭主関白(ていしゅかんぱく)】

そこにあったのは黒塗りの大きな建物であった。
一階はガラス張りになっており、外から店内の様子が覗(のぞ)き込めるようになっている。

「あ……れ……？」

その壮絶(そうぜつ)な光景を目にしたエルフちゃんは、思わずパチパチと瞬きをしてしまう。

最初にエルフちゃんの目に入ったのは、『性奴隷』として売られている者たちの姿であった。彼女たちが身に纏っているボロボロの布切れは、男たちの目を引くように露出度が高く作られている。

長きに渡り『商品』として売られた結果、エルフとしての誇り、尊厳を失ってしまったのだろう。

ガラス越しに見える奴隷たちの目は、いずれも死んだ魚のように濁っていた。

「はぁ〜。たまんねえぜ。いつかはオレも自分専用の性奴隷を買いてえなぁ〜」

「バーカ！　お前の稼ぎじゃ一〇年は早えーよ」

中には奴隷の他に客もいたが、彼らの中に『王子さま』らしい雰囲気を纏った人間は一人もいない。

どの男たちも息遣いを荒くして、いやらしい目つきで奴隷の少女たちを見つめていた。

端的に言って奴隷商館は――エルフちゃんの想像していたものよりも、ずっとずっと怖いところだったのである。

「エ、エルフちゃん!?」

コンナハズジャナカッタノニ！

理想とは異なる厳しい現実を突きつけられたエルフちゃんは、口の中からブクブクと泡(あわ)を吹いたまま卒倒するのであった。

41 ズッ友

それから。

エルフちゃんにとっての絶望と屈辱に満ちた奴隷商館での生活がスタートすることになる。

奴隷商館『亭主関白』に連れてこられたノーミルの村の住人たちは、知能、身体能力、処女検査、などの様々なテストを受けさせられることになった。

これらは奴隷の値段を付ける上で必要なステータスを割り出すものであり、奴隷たちのその後の運命を大きく分けるものでもあった。

唯一、不幸中の幸いだったのは、『処女検査』が女性店員だったことである。

奴隷商館『亭主関白』では商品の価値を下げないために女奴隷たちの『処女性』を極力失わないよう配慮しているのだが、中にはそんなことなどお構いなしの店もあった。

（……どうか普通の人に買われますように。普通の人に買われますように。普通の人に買われますように）

最初は『長耳姫（ながみみひめ）』に出てくる『王子さま』を夢見ていたエルフちゃんだったが、いつしか希望する主人に対するハードルは下がっていき、『普通の人なら誰でも良い』と思うようになっていた。

〜〜〜〜〜〜〜〜


一通りのテスト結果が出た後は、いよいよ商品として『陳列（ちんれつ）』される時間である。

異様に露出度の高い奴隷衣装に身を包んだエルフちゃん&親友ちゃんは、職員から『値札付きのチョーカー』を受け取るために待機列に並んでいた。

「ああっ……。とうとう売りに出されちまうんだなぁ……」

意外にも立ち直りが早かったエルフちゃんとは対照的に、親友ちゃんの気分はどんよりとした曇り空のようであった。

「大丈夫ですよ。親友さん。私がついていています」

「エルフちゃん……？」

「たとえこれから先……離れ離れになっても私たちはずっと友達です！」

数日前までは沢山いたはずのノーミルの村のエルフたちであったが、いつの間にかエルフちゃん&親友ちゃんの二人だけになっていた。

それというのも奴隷商館『亭主関白』は、全国に無数の支店を持った巨大チェーン店であり、他のエルフたちは各支店に売りに出されることになっていたからである。

「ううっ……。オラァ……エルフちゃんと友達で本当に良かったよぉ……」

感動した親友ちゃんは、思わず目からポロポロと涙を零す。

——二人の友情が確かなものになった瞬間であった。

42 格差社会

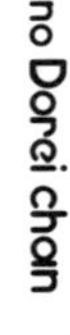

「次の方ー。どうぞー」

職員に呼び出されたエルフちゃんは『値札付きチョーカー』を受け取りに前に出る。
渡されたチョーカーには五〇万コルという値段が付いた。

（五〇万コルですか……。まぁまぁですかね……）

日本円に換算すると、その価値は五〇〇〇万円くらい。
エルフ一人の価格としては安いようにも思えるが、これでも価格破壊が進んだ奴隷市場においてはかなり高値であった。

「親友さんはいくらくらいの値段が……」

振り返ったエルフちゃんは絶句した。

何故ならば――。

親友ちゃんのチョーカーには、五〇〇万コルという値段が付けられていたからである。


「……ひぃ、ふぅ、みぃ」


さすがに何かの見間違いだろう。

そう考えたエルフちゃんは改めてゼロの数を確認してみる。

だがしかし。

何度確認してもゼロの数に間違いはなかった。

エルフちゃんの顔つきは、途端に険しいものになっていく。

「いや～。あはははぁ。オラ……ビックリだぁ……。まさかに自分にこんな値段が付くだなんてぇ……」

「…………」

冗談っぽく笑う親友ちゃんであったが、エルフちゃんの目は死んだ魚のように濁ったまま動こうとしない。

親友ちゃんの体から冷や汗が滲み出る。

「エルフちゃん。オラたち……ずっと友達だよなぁ？」

「知りません」


やはり胸か!?

そんなに胸が大切なのか!?

女としてのプライドを打ち砕かれたエルフちゃんは、親友ちゃんに対して冷たい態度を取るのだった。

43 上客

Isekai Elf no Dorei chan

商品として陳列されてから一週間の時が過ぎた。

それからというもの二人の定位置は、一階のショーウィンドウ付近となっていた。

「おお！　スゲー！　本物のエルフがいるじゃん！」

男たちは下劣（げれつ）な視線をエルフちゃんたちに向けていた。

奴隷エルフというブランドの効果からか見物に来る客は絶えなかったが、価格設定が強気だったこともあり、今のところ二人が売れる気配はなかった。

（——あそこの太った人はダメ。五〇点。手前の人は優しそうだけど稼（かせ）ぎが少なそう。六〇点。向こうの目つきの悪い人は論外。二〇点）

現実的なエルフちゃんは客の一人一人を冷静に品定めしていた。

どんなタイミングで条件に合った好物件が入店してくるとも限らない。

――もしも高得点の人物が現れた場合、自分から声をかけて、買ってもらえるようアピールをしよう。

いつしかエルフちゃんはそんなことを考えるようになっていた。


「ぬ。なんじゃ。この騒ぎは？」

奴隷商館『亭主関白（ていしゅかんぱく）』に近付く一つの人影があった。


「なぁ。あの衣装……上位ギルドの……」

「間違いない。『攻略組（こうりゃくぐみ）』の一人だぜ」

その人物を目の当たりにした常連客たちは、口々に騒ぎ始めていた。

彼女の名前は魔（ま）法使いさん（仮）。

迷宮都市ブルーティアの中でも最高クラスの実力を持った冒険者であった。

（……女の人！　しかも絶対にお金持ち！）

これまでの客とは明らかに品性のレベルが違う。

身に着けた装備品はいずれも一目でハイランクなものであることが分かり、その佇まいからは『強者の余裕』が滲み出ていた。

「これはこれは魔法使いさま。ようこそお越しくださいました」

次の瞬間、エルフちゃんは自ら抱いた予感が正しかったことに気づく。

こんなことは初めてのことであった。

普段は店の奥にいる店長自らが接客に来るということは、やはり目の前の女性はとんでもない大物なのだろう。

「最近、家を引っ越してから何かと家事が煩わしくなってのう……。家政婦として働いてくれる奴隷を買いにきたのじゃが……」

「家事奴隷ですね。どうぞこちらへ」

店主に案内された魔法使いさんは、そのまま奴隷商館の中に足を踏み入れる。

女性が主人ということであれば、性的な虐待を受ける心配もなく、家事奴隷として雇われたならば、命を落とす可能性のある危険な仕事を任される心配もない。

エルフちゃんにとって魔法使いさんの奴隷になることは、様々な条件において魅力的であった。

（……千載一遇の大チャンスです！）

ここで決めなければ女が廃る。

覚悟を決めたエルフちゃんはギラギラと目に闘志の炎を燃やすのだった。

㊹ アピールポイント

Isekai Elf no Dorei chan

　このタイミングをチャンスと捉えていたのは、エルフちゃんだけではなかった。

「当店では最近、若いエルフを仕入れたばかりでして、魔法使いさまにも自信を持ってオススメ致しますよ」

「ほう……。何やら店の前が騒ぎになっていると思っていたら……そういうことだったのか」

　希少価値の高い奴隷エルフは必然的に値段も上がり、購入できる人間が限られてくる。

　魔法使いさんのような有名冒険者が来店する時こそが、仕入れたエルフたちを販売する絶好のタイミングであった。

「当店の奴隷エルフたちです。どうです。美しい娘たちでしょう」

「ふむ……。これはなかなか」

魔法使いさんはエルフちゃん&親友ちゃんの体をジッと食い入るように見つめていた。

けれども、不思議と不快な気分はない。

何故ならそれは他の男たちが向けているような性的なものではなく、美術品を愛でているような温かいものに感じられたからである。

「そうじゃな。どうせ傍に置いておくのならより美しい方がいいのう……。そっちの乳のでかい方をもらおうか」

「……さ、左様でございますか!?　ありがとうございます！」

期待はしていたが、まさか五〇〇万コルの商談がこんなにも早くまとまるとは思ってもみなかった。

店主の男は心の中でグッとガッツポーズを取る。

「お主。名はなんという」

「し、親友ですぅ」

「親友か。良い名じゃ。これからは妾のためにしっかりと働いてくれよ」

「は、はいっ！　オラ……頑張るだぁ！」

一時はどうなることかと思ったが、女主人の元で家事奴隷として働けるのであれば、こんなに安心できる仕事場はない。

絶望に暮れていた親友ちゃんの目はすっかり輝きを取り戻していた。

「ま、待って下さい！」

一連の流れを受けて焦りを覚えたのはエルフちゃんである。

「私も！　是非とも私も連れて行って下さい！」

ズイと前に出たエルフちゃんは魔法使いさんに向かって必死の懇願をする。

「お主か……。いまひとつ惹かれるものがないのじゃが……。何かアピールポイントはあるのかのう？」

エルフちゃんは考える。

親友ちゃんにはなくて自分にあるものは何だろうか。

エルフちゃんの人生にとって、まさに今このタイミングが運命の分かれ道であった。

「私、凄くお買い得だと思います！」

「……お主。自分で言っていて悲しくならないのか？」

身も蓋もないアピールをするエルフちゃんに向かって、魔法使いさんは冷めた眼差しでツッコミを入れるのだった。

㊺ 運命の出会い

Isekai Elf no Dorei chan

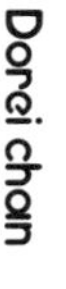

それから更に一週間後。

エルフちゃんはというと相変わらずショーウィンドウの前で購入者が現れるのを待っていた。

ただ一点――。

以前までと違うことは、エルフちゃんに付けられていた値段が大幅に値下げされていたということである。

首からぶら提げられたチョーカーには、元の値段である五〇万コルに取り消し線が引かれ、『訳有り特価！　三〇万コル！』と書かれていた。

一体何が『訳有り』だというのだろうか？

やはり胸の小さなエルフには需要などないということなのだろうか？

そう考えるとエルフちゃんの中には、フツフツと怒りが込み上げてきた。


ポツポツ。

ポツポツ。ポツポツ。

不意に地面の上に数滴の雨粒が伝った。
雨はやがて勢いを増して、黒色に濁った水たまりを作っていく。
とにかくこれ以上、値引きされるわけにはいかない。
奴隷という職業は安い値段を付けられれば付けられるほど、劣悪な環境で生活しなければならないリスクが増すのである。

「あの～。すいません～」

雨脚が強まり、客入りがまばらとなった店内に一人の男が現れる。

（あ……れ……）

何故だろう。男の姿はエルフちゃんの愛読書である、『長耳姫』の中に出てくる王子さまのイメージと重なって見えた。

「このエルフの女の子が欲しいんですけど」

当時のことは今でも鮮明に記憶している。
この時、このタイミングこそが、ご主人さまとエルフちゃんの出会いの瞬間であった。

「お客さん。奴隷を買うのは初めてかな？」
「はい。頑張ってお金は貯めてきたので、よろしければ色々と教えてください」

何やら店員と奴隷購入の手続きについて会話しているようであったが、緊張したエルフちゃんの耳にはあまり内容が入ってこない。

ドキドキ。
ドキドキ。ドキドキ。

ご主人さまの顔を見ようとすると緊張で胸の鼓動が早くなる。
同年代の男子が少なかったノーミルの村で暮らしてきたエルフちゃんにとって、異性を意識する、という経験は初めてのことであった。

「そうだ！　今日は天気が良いからね。特別に一割引きの二七万コルで売ってあげるよ！」

店員の男は何かを思い出したかのように唐突な値引きを提案する。

「……何故!?」

不意を衝かれたエルフちゃんは、思わずツッコミを入れるのだった。

㊻ 感謝している

Isekai Elf no Dorei chan

チュンチュンチュン。

窓の外から小鳥たちの囀(さえず)りが聞こえてくる。

「んんっ……」

朝の日差しをいっぱいに受けて目を覚ましたエルフちゃんは、大きく伸びをして眠気覚ましをする。

体が軽い。

昨夜は犬耳ちゃんに『夜のお勤め』を任せられたおかげで、久しぶりにグッスリと眠ることができた。

（……なんだかずいぶんと懐かしい夢を見ていた気がします）

結果的にご主人さまはエルフちゃんの求めていた『理想の王子様』とはだいぶかけ離れた性格をしていた。

けれども、今はそれで良かったと思える。

エルフちゃんは、今の生活を気に入っていた。

ノーミルの村では経験できないような刺激的な出来事の数々が、エルフちゃんにとっての生きる糧（かて）となっていた。

「よーっし。今日も一日張り切っていきますよ！」

ベッドの上から飛び起きたエルフちゃんは、手始めに身嗜（みだしな）みを整えるべく洗面所に向かうのだった。

47 シルバースライム

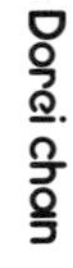

コツコツと革靴が床を叩く音が建物の中に鳴り響く。
ブルーティアにあるいつものダンジョンをいつものパーティーで探索していた。

「『さすがはご主人さまです！』」

この日もエルフちゃん&犬耳ちゃんは日課である『さすごしゅ』に余念がない。
戦闘ではあまり役に立てない分、主人を良い気分で戦わせてあげることは奴隷としての重要な責務の一つであった。

魔石の欠片（極小）　等級G

スライムが落とした『魔石の欠片（極小）』を拾い集めていく。

塵も積もれば山となる。

一つにつき一〇コルほどの値段でしか売れない魔石の欠片（極小）であるが、スライムは他モンスターと比べて出現スピードが早いという特徴があった。

「なぁ。今日のダンジョンはいつもと様子が違わないか？」

「そうですね。なんだかやけに人が少ない感じがします」

誰でも手軽に討伐することのできるスライム系のモンスターは、駆け出しの冒険者にとって人気の討伐ターゲットの一つである。

普段通りであれば『スライム狩り』を目的としたパーティーが何組もダンジョンに潜っているのだが、不思議と今日は全くと言って良いほど人気がなかった。

シルバースライム　脅威LV18

どうして今日はダンジョンに潜る人間が少ないのか？

その答えは突如としてエンカウントした目の前のモンスターにあった。

「「なっ」」

エルフちゃん&犬耳ちゃん。

二人の口から驚きの声が上がったのは、ほとんど同じタイミングであった。

今までに出会ったモンスターとは明らかにレベルが違う。

ゾゾゾゾゾゾッ。

瞬間、奴隷ちゃんたちの背筋に悪寒が走った。

絶望的な戦力差は時として相手に『恐怖』を与えるものなのである。

シルバースライムの脅威に気付いていないのは、能天気なご主人さまだけであった。

——危ない！

エルフちゃんが声にならない言葉を発した直後だった。

ザシュッ。

ご主人さまは今まで倒してきたスライムを相手にするように剣を抜いた。

「えっ。なんだって？」

振り返ったご主人さまはキョトンとした不思議そうな表情を浮かべている。

高純度の魔石　等級B

先程までシルバースライムがいた場所には、キラキラとした魔石アイテムがドロップしていた。

「「…………」」

「なんだよ。二人とも驚いちゃって。たしかに色は違うけど、たかだかスライムを倒しただけだよ？」

どんなに強くても関係がない。

スライム系のモンスター相手には、何処（どこ）までも強気に出ることのできるご主人さまであった。

㊽ 戦利品

謎の強敵シルバースライムを打ち倒した三人は早々に探索を切り上げて、ダンジョンを出ることにした。

「う〜ん。それにしても凄（すご）い輝きだなぁ……」

ご主人さまの掌（てのひら）には入手したばかりの『高純度の魔石』が載せられている。

キラキラとした『高純度の魔石』は、薄暗いダンジョンの中でもハッキリ分かるほどの輝きを放っていた。

「それくらいの大きさになると五万コルくらいで売れるかもしれませんね」

ギルドから配布された『アイテム図鑑』に目を通しているエルフちゃんは、大まかな見積もりを弾き出していた。

「『五万コル!?』」

ご主人さま&犬耳ちゃんは同時に驚きの声を上げる。

普段の三人の稼ぎが一日ダンジョンに籠って五〇〇コル前後であることを考えると、五万コルという稼ぎはまさに破格であった。

「しかし、どうしてスライムがそんな高価なアイテムを？　まるで俺が強敵を倒したみたいじゃないか……」

ご主人さまは未だに自分が倒したモンスターと他の雑魚モンスターとの違いに気付いていないようであった。

果たしてここは本当のことを言うべきなのだろうか？

頭を悩ませた奴隷ちゃんたちは、知らずのうちに絶好の『さすごしゅ』のチャンスを逃してしまうのだった。

49 無知を晒す

ザワザワ。

ザワザワ。ザワザワ。

外に出ると何やらダンジョンの周りが騒然となっているようであった。

ダンジョンの入口は通行止めとなっており、大勢の冒険者たちでごった返していた。

「なぁ！　いい加減にしてくれよ！　まだ入れないのか!?」

剣を装備した一人の冒険者が強引にダンジョンの中に入って行こうとする。

それを見ていたスキンヘッドの冒険者が男の肩を掴(つか)んだ。

「お前、人の話を聞いていたのか？　出たんだよ！　はぐれモンスターが！」

忠告を受けた男の表情は途端に青ざめたものになっていく。

はぐれモンスターとは、駆け出しの冒険者にとって恐怖の象徴となっている存在であった。

一般的なモンスターは、ダンジョンの決まったフロアーにしか出現しないので、冒険者たちは自分の実力に応じて、討伐(とうばつ)する対象を選択することができる。

けれども、はぐれモンスターだけはこの例に当てはまらない。

出現するフロアーが完全にランダムであった。

「今、ギルドと連絡を取って『攻略組(こうりゃくぐみ)』の連中を呼び出してもらっているところだ。はぐれモンスターの討伐が確認されるまで、このダンジョンは出入り禁止。もっとも……どうしても死にたいって言うのなら止めはしないけどな」

攻略組、とは迷宮都市ブルーティアを代表する凄腕(すごうで)冒険者たちの総称である。

優れた能力を持つ彼らは、主として未探索のダンジョンを攻略することを生業(なりわい)にしているため、いつしかそう呼ばれるようになっていた。

「あのっ。何かあったんですか？」

「なっ……」

ご主人さまの姿を目にしたスキンヘッドは絶句していた。

何故ならば――。

ご主人さまが現れたのは明らかにダンジョンの内側からだったからである。

「オ、オメェ……。大丈夫だったのかよ⁉　ケガはねぇか⁉　はぐれモンスターは⁉」

まさか未だにダンジョンの中に冒険者が残っているとは思わなかった。

スキンヘッドはご主人さまの肩を掴んで一方的にまくし立てる。

「なんですか？　はぐれモンスターって？」

予想外過ぎる言葉を受けたスキンヘッドは、毒気を抜かれたような表情を浮かべていた。

50 俺が倒した

Isekai Elf no Dorei chan

ご主人さまが無知を晒(さら)している状況は、奴隷ちゃんたちにとっても恥ずかしいものがある。醜態(しゅうたい)を見かねたエルフちゃんは助け舟を出すことにした。

「ご主人さま。たぶんアレですよ。途中で倒した銀色のスライムのことです」

「あー。あのスライムのことかぁ」

コッソリと耳打ちをしたつもりであったが、スキンヘッドはエルフちゃんの言葉を聞き逃してはいなかった。

「ちょっと待て。今、『倒した』って言わなかったか?」

「ええ。たしかに。銀色のスライムでしたら俺が倒しましたけど……」

「…………」

あくまで自分の言葉を曲げようとしないご主人さまを前にして、スキンヘッドの冒険者は怒りのボルテージを上げていく。

何を隠そう、はぐれモンスターの第一発見者であるスキンヘッドは、シルバースライムを前に恐怖で逃げ出すことしかできなかったのである。

「おいおい。ルーキー。そんな初心者丸出しの装備で何ができるっていうんだよ」

ご主人さまの使用武器は、道具屋で投げ売りされていた一本一〇〇コルのブロンズソードのみである。

装備品に拘り(こだわり)のないご主人さまは、他の冒険者から実力を不当に低く見積もられることが多かった。

「俺の故郷である東の国にはこんな言葉があります。弘法(こうぼう)筆を選ばず。真の実力者であれば装備品なんて関係がないんですよ」

ご主人さまがドヤ顔で語ると、スキンヘッドは額に青筋を浮かべる。

「そこまで言うからには証拠を出してみろ！　はぐれモンスターっていうのは特別なアイテムをドロップするんだ」

「これのことですか？」

ご主人さまはそこで服の内ポケットの中から『高純度の魔石』を見せることにした。

眩（まばゆ）いほどに輝きを放つ魔石を前にして、ギャラリーからは歓声が上がる。

「マジかよ……。信じられねえ……。こんな若造に……はぐれモンスターが……？」

ご主人さまの実力を未だに受け止めきれないスキンヘッドは、膝を折って地面に伏せる。

51 本物の証明

Isekai Elf no Dorei chan

「もういいですか。急いでいるんで俺たちは行きますよ」

これ以上この場に留まっても時間の無駄だろう。
敗北感に打ちひしがれて膝を折るスキンヘッドを後目にご主人さまは、人混みをかき分けて進んでいく。

「ちょっと待て！　やっぱり納得いかねえ！」

無言のまま立ち去ろうとするご主人さまをスキンヘッドが呼び止める。

「みんな！　騙されるな！　この魔法石がはぐれモンスターのドロップアイテムだという保証が何処にある!?　ソイツは偽物かもしれねえぞ！」

ご主人さまは呆れていた。

自分から『証拠を出せ』と言っておきながら酷い言い草である。

プライドの高いスキンヘッドは、貧相な装備のご主人さまの実力をどうしても認めることができなかったのである。

「なぁ。お前、腕に覚えがあるんだろ？」

次にスキンヘッドが取った行動は、奴隷ちゃんたちを驚かせるものであった。

何を思ったのかスキンヘッドは腰に差した剣を抜いたのである。

「ならば当然この攻撃……受け止めきれるよなぁぁぁ!?」

剣を掲げたスキンヘッドは、ご主人さまに向かって鈍器のような刃物を振りかざす。

「……やれやれ。あまり目立ちたくはないんだけどなぁ」

溜息を吐いたご主人さまは、スキンヘッドの動きに合わせるようにして剣を抜く。

（バカがっ！　そんな鈍（なまくら）でオレの攻撃を防げるはずがねえ！）

この時点でスキンヘッドは自らの勝利を確信していた。

ご主人さまが装備しているブロンズソードは定価一〇〇コルの低価格帯の装備であるが、スキンヘッドの装備しているメタルソードは定価三〇〇〇コルの高級品である。

どちらの持ち主が強いかは関係ない。

まともに衝突すれば耐久性の低いブロンズソードが壊れることは必然であった。

「なにっ……!?」

だがしかし、二つの剣が交わったその直後。

どういうわけか先に刀身が折れたのは、スキンヘッドの使用しているメタルソードの方であった。

「クッ……。完敗だ……」

敗北感に打ちひしがれたスキンヘッドは両膝を折って地に伏せる。

「スゲー！　スゲーよ！　アンタ！」

「よくやってくれた！　スカッとしたぜ！」

ギャラリーたちの歓声が沸き上がる。

大した実力もないのに先輩風を吹かせることが好きなスキンヘッドは、他の冒険者たちから疎まれていたのだった。

（……どうやら私たちの出る幕はなさそうですね）

ギャラリーたちの熱気を目にしたエルフちゃんは、ひとまず得意の『さすごしゅ』を後回しにすることを決めるのだった。

52 文字魔法

Isekai Elf no Dorei chan

一方そのころ。

ここはエルフちゃんたちが探索していた初心者用ダンジョンの入口から三〇メートルほど上空である。


「ほう……。なかなか面白いことが起きているようじゃな……」


空飛ぶホウキの上に跨り、地上の様子を興味深そうに見つめる一人の美女がいた。

彼女の名前は魔法使いさん。

迷宮都市ブルーティアの中でも最強と名高いギルド《白銀の狼》の一員にして、エルフちゃんとは奴隷商館の中で一度顔を合わせた間柄であった。

初心者用ダンジョンの中にはぐれモンスターが出現したという情報を聞きつけた魔法使いさんは、空飛ぶホウキに跨って、現場に駆け付けていたのである。

「まさか……。こんなところで文字魔法の使い手を見ることになるとはのう……」

どうしてご主人さまのブロンズソードがスキンヘッドのメタルソードを打ち破ることができたのか？

その秘密はご主人さまの使用している『文字魔法』のスキルにあった。

文字魔法　等級A　アクティブ
（物体に魔法文字（ルーン）を書き込むことによって様々な効果を引き起こすスキル）

ご主人さまはブロンズソードに特殊な魔法文字を付与することによって、その性能を飛躍的に向上させていたのだった。

「ぬぅ。しかし、なんじゃあの魔法文字は……!?　まるで解読ができんぞ……」

ご主人さまの手にしたブロンズソードには『強度上昇』という魔法文字が書き込まれていた。

魔法使いさんが知らないのも無理はない。

それはご主人さまの住んでいた国では『漢字』と呼ばれている文字形態だった。

ご主人さまの使用する漢字の文字魔法は、一般的な文字魔法に比べて少ない画数で多くの意味を持たせることができることから、より手軽に強力な効果を持たせることが可能だった。

「見極めてやるか。あの男の真価を……」

もしかしたら目の前の男の実力は、『攻略組』のメンバーにも比肩するかもしれない。

面白そうな玩具を見つけた魔法使いさんは、妖艶な笑みを零すのだった。

㉝ 寝ているだけでレベルアップ

Isekai Elf no Dorei chan

それから。

はぐれモンスターのドロップアイテム『高純度の魔石』を冒険者ギルドに売り払ったご主人さまはホクホク顔で帰路についていた。

今日一日の収入は六万コル。

勇者スキル『値上げ交渉』が発動したこともあり、エルフちゃんの予想価格五万コルを上回る結果を得ることができた。

「……ったく。こういう無駄遣いがなければオレたちは、もう少し良い暮らしができるはずなんだけどなー」

本日の『夜のお勤め』は、エルフちゃん&犬耳ちゃんの二人で相手にすることになっていた。

今現在、奴隷ちゃんたちは、懐（ふところ）が温かくなったご主人さまが購入した新しいネグリジェに着替えている最中であった。

「ん？　どうしたエルフ。考え事か？」

素早く着替えた犬耳ちゃんとは対照的に、エルフちゃんは服を半分脱いだまま、ボーッとパーソナルカードを見つめていた。

「はい。実は私、今日のはぐれモンスターを倒したことによってレベルが三に上がったみたいなんです」

「おお。エルフも上がっていたのか。実を言うとオレもだぜ」

はぐれモンスターを討伐したことにより、ご主人さま、エルフちゃん、犬耳ちゃんの三人は大量の経験値を獲得していた。

獲得できる経験値は戦闘時の貢献度によっても上下するが、基本的にパーティーメンバー全員に分配されるようなシステムとなっていた。

「……で、エルフはどんなスキルを取得するんだ？」

「それが全く決められなくて。前回のレベルアップで取得したスキルポイントも手付かずのままなんですよね」

「マ、マジかよ……」


犬耳ちゃんは信じられないものを見るような目を向ける。

考えるよりまず動く、を信条とする犬耳ちゃんにとって、取得したスキルポイントを放置しておくというのは有り得ないことだったのである。


「深く考える必要はないんだよ！　自分の覚えたいスキルを適当に選んじまえよ！」

「自分の覚えたいスキル……ですか」

瞬間、パーソナルカードの裏面を眺めるエルフちゃんの脳裏に一つのアイデアが閃いた。

「寝ているだけでレベルアップ……みたいなスキルってありませんかね？」

「……ねーよ。そんなもん」

呆れた表情でツッコミを入れる犬耳ちゃん。

そんな都合の良いスキルがあるならば、危険を冒してまでダンジョンに潜る人間はいなくなるだろう。

「むにゃ……むにゃ……。二人とも……。そんなに焦らなくても俺はなくならないよ……」

一方、その頃。

隣の部屋で奴隷ちゃんたちの支度(したく)を待っていたご主人さまは、ベッドの上で寝落ちしていた。

神快眠　等級S　パッシブ
（睡眠時間に応じて経験値を獲得するスキル）

実のところご主人さまは、まさにそんな都合の良いスキルを使用して、こうしている今も強くなっているのだが――。

当然のことながらそれは奴隷ちゃんたちにとって知る由(よし)もないことであった。

54 魔法の使い方

Isekai Elf no Dorei chan

チュンチュンチュン。
庭の木に留まった小鳥たちが囀る声が聞こえてくる。
本日の『朝のお勤め』は犬耳ちゃんが担当することになっていた。
犬耳ちゃんの仕事が終わるまで、ひとりぼっちになったエルフちゃんは、外靴に履き替えて庭に出ることにした。

「ふぅ……」

心臓がバクバクと脈打っている。
昨夜、エルフちゃんはレベルアップによって獲得したスキルポイントを消費して、初めての魔法を取得したのである。
——もしも魔法を使うことができたら。

子供の時からそんな妄想を巡らせたことはあったが、まさか本当にチャンスが巡って来るとは思わなかった。

（ウォーター！）

覚悟を決めたエルフちゃんは両手を前に置いて、魔法を使用している自分をイメージする。

チョロロロロロッ。

瞬間、エルフちゃんの掌（てのひら）からは少量の水が放出される。

水魔法によって水分を得た栽培（さいばい）中のハーブたちは、嬉しそうに葉っぱを揺らしていた。

「ふふふ。これは便利です」

これからハーブに水を与える時は、ジョウロの代わりに水属性魔法を使っていくことにしよう。

見事に目的を果たしたエルフちゃんは、思わずニッコリと笑顔を零（こぼ）すのだった。

55 げんなり

朝の水やりをこなしてから一時間後。

寝室に『朝のお勤め』に向かっていった犬耳ちゃんが戻ってくる気配がない。

どうやら今朝のご主人さまの性欲は非常に旺盛らしい。

一度スイッチの入ったご主人さまは、なかなか満足してくれないので厄介であった。

暇を持て余していたエルフちゃんは、収穫したばかりのハーブを使ってお茶を淹れていた。

自家製ハーブの栽培は、ノーミルの村にいたころからのエルフちゃんの趣味だった。


「あ。この足音は……？」


ペチペチと廊下を歩く音がする。

どうやら本日の『朝のお勤め』にも区切りが付いたらしい。

寝室から出た犬耳ちゃんが、真っ先に向かった先は台所であった。

ガラガラガラッ。

執拗にウガイを繰り返す犬耳ちゃん。

その表情は何か不味いものを無理やり飲まされたかのような、げんなりとしたものであった。

「……おう」

「お疲れ様です」

こうなることを予想していたエルフちゃんは、あらかじめ用意していた清潔なタオルを犬耳ちゃんに手渡した。

「ハーブティー、飲みます？」

「……頼む」

互いに苦労を分かち合う奴隷ちゃんたちであった。

(56) 石像

自宅で朝食をとった三人はそのままいつもの初心者用ダンジョンに向かっていた。
ちなみにこの初心者用ダンジョンという名前は、もちろん俗称である。
正式名称は別にあるらしいが、多くの人間がその名前を思い出すことができない。
全三階層から成る小規模なダンジョンは、出現するモンスターの戦闘能力も総じて低めで、駆け出しの冒険者であっても、安心して探索することが可能だった。

「……犬耳さん。具合でも悪いのですか？」

ダンジョンに入って間もなくして、エルフちゃんは犬耳ちゃんの体調が優れないことに気付く。

「いや。昨日のことを思い出したら……なんだか急に怖くなってきてさ……」

前回の探索時にエンカウントしたはぐれモンスターの存在は、犬耳ちゃんの心にトラウマを植え付けていた。

——もしもご主人さまが助けてくれなかったら今頃は死んでいたかもしれない。

そう考えると体の震えを止めることができなかった。

「アハハ。犬耳さんは心配性ですね。昨日のことは十年に一度のアクシデントですよ」

基本的にポジティブなエルフちゃんは犬耳ちゃんの不安を笑い飛ばす。

「大丈夫。どんな敵が現れたって俺が犬耳ちゃんを守ってやるさ！」

格好良く剣を抜いたご主人さまは、自分の台詞（せりふ）に酔っている様子であった。

「なぁ。ところでさっきから気になっていたんだが……。こんなところに石像なんて置かれていたっけ？」

いつの間にかエルフちゃんたちは、石像の置かれた部屋に足を踏み入れていた。
過去に何度も初心者用ダンジョンを探索していたエルフちゃんたちであったが、こんな場所に石像が置かれていたことは知らなかった。

「……たしかに妙ですね。誰かがオブジェとして置いていったのでしょうか？」

不審に思ったエルフちゃんが何気なく石像に触れた直後であった。
ズゴゴゴゴッ。
突如として石像は動き始めて、モンスターの形に姿を変えていく。

ミニチュアゴーレム　脅威(きょうい)LV(レベル)10

最終的に現れたのは、二メートル近い体長を誇る石の体のモンスターであった。

57 行き止まり

Isekai Elf no Dorei chan

狭苦しいダンジョンの通路の中に三人の悲鳴が響き渡る。

一体何故？

どうしてこんなことになっているのか？

三人の中に明確な答えを出せるものはいなかった。

追いかけてくるミニチュアゴーレムは次第に数を増して、逃げ回る三人を追い込んでいく。

「ダメだ！　行き止まりだぜ！」

先頭を走る犬耳ちゃんは悲鳴にも近い声を上げる。

部屋の入口はミニチュアゴーレムによって塞（ふさ）がれており、三人の逃げ道は完全になくなっていた。

「──仕方ねえ。ここはオレがやるしかないか」

追い込まれた犬耳ちゃんは手にした短剣を鞘から抜く。
ダンジョンに潜っている以上、いつこういったピンチに追い込まれるか分からない。
そう考えた犬耳ちゃんは日夜、人目に付かない時間に剣の修業に励んでいたのである。

「スラッシュ！」

武器スキル『スラッシュ』は、様々な近接武器で応用できる基本中の基本スキルである。
スキルの使用中は威力、スピードに補正がかかるので、力のない女性の攻撃でもモンスターに対して手痛い一撃を食らわすことが可能だった。

バキリッ。

部屋の中に鈍い音が木霊する。
ミニチュアゴーレムの物理耐性は犬耳ちゃんの予想を遥かに上回っており、突き立てた短剣の刃が一瞬にして二つに折れてしまったのである。

「あわ……。あわわわわわ……」

追い詰められた犬耳ちゃんは、恐怖で尻餅(しりもち)をついてしまう。

迫力満点のミニチュアゴーレムの攻撃が犬耳ちゃんの目前に迫っていた。

弱点

Isekai Elf no Dorei chan

「犬耳さん！」

考えるよりも先に体が動いていた。

エルフちゃんは苦し紛れに今朝取得したばかりの水属性魔法を使用する。

「ウォーター！」

ゴーレムの体に勢いの良い水流が命中する。

瞬間、驚くべきことが起こった。

地鳴りのような悲鳴を上げたミニチュアゴーレムの体が、途端に縮んでいったのである。

「折り紙……？」

最終的に残ったのは、人型に折られた紙切れであった。

折り紙にはキラキラと輝く魔法文字が書き込まれていたが、エルフちゃんの魔法によって所々水で滲んでいた。


「ご主人さま！　敵の弱点は水魔法です！　水魔法を使えば簡単に……」

もしかしたら折り紙に書かれた魔法陣が水で滲んだことによって、ミニチュアゴーレムたちの動きが止まったのではないだろうか？

相手の弱点を的確に分析したエルフちゃんが声高に叫んだ直後だった。


ザシュッ。

ザシュッ。ザシュッ。


モンスターたちの間を縫うようにして移動する黒い影が出現する。

ご主人さまの攻撃。

ご主人さまの攻撃は、物理耐性に優れたミニチュアゴーレムに対してもオーバーキル級のダメージを与えるものであった。

「許せん！　こんな小さいくせに俺たちのことを追いかけまわしていたのか！」

「「…………」」

それができるなら最初からそうして欲しかった。

小型のモンスター相手には、とことん強気に出ていくご主人さまであった。

59 既視感

Isekai Elf no Dorei chan

無事にミニチュアゴーレムを倒したものの——三人の中で疑問は尽きなかった。

果たしてこのモンスターは、何処から出現したのだろうか？

パーソナルカードを確認してみるが、レベルが上がった形跡は見当たらない。

エルフちゃんたちにとっては知る由のないことであったが、人工的に作られたモンスターからは経験値を得られないというルールが存在していたのである。


「見事じゃ。黒い人よ」


パチパチと手を叩く音。

音のした方に目をやると、そこにいたのは魔女のローブに身を包んだ一人の美女であった。

黒い人、という言葉が、ご主人さまのことを指していることは直ぐに分かった。

ご主人さまはこの世界の住人にしては珍しい『黒髪黒眼』の持ち主だったのである。

「妾（わらわ）の名前は魔法使い。それとも攻略ギルド《白銀（はくぎん）の狼（おおかみ）》の一員と言った方が、通りが良いかのう……」

迷宮都市ブルーティアにおいて彼女の名前を知らないものは少数派である。

過去に数多（あまた）のダンジョン攻略を成功させた実績のある魔法使いさんは、迷宮都市の有名人であった。

「は、《白銀の狼》だと!?」

「知っているんですか。犬耳さん」

質問を受けた犬耳ちゃんは、神妙な面持（おもも）ちで続ける。

「ああ。《白銀の狼》というと、迷宮都市の中でも最強の呼び声が高いギルドだぜ。その実力は政府の折り紙付きで、加入するためには高難度ダンジョンを単独でクリアーする必要があるらしい」

どうしてそんな凄い人が初心者用のダンジョンに？

という疑問が湧かないわけではなかったが、それより先にエルフちゃんの脳裏に過ったのは別の疑問であった。

（あのおっぱい……何処かで見覚えが……）

大きな胸を憎むあまり、一度見た胸の形を絶対に忘れない能力を体得していたエルフちゃんであった。

60 勧誘

「妾(わらわ)がこの場に来たのは他でもない。黒い人よ。お主、《白銀(はくぎん)の狼(おおかみ)》に入る気はないか？」
「…………!?」

奴隷ちゃんたちの間に衝撃が走る。
何故ならば――。
神からチート能力を授かりながらも、頑(かたく)なにスライム以外のモンスターと戦おうとしないご主人さまは、これまで他者から正当な評価を受けることがなかったからである。

「どうして俺なんだ？」
「ククク。妾の作ったゴーレムをあそこまで見事に倒しておいて良く言うのう」

遅まきながらもエルフちゃんは、魔法使いさんの魂胆(こんたん)に気付く。

今回出現したミニチュアゴーレムは、全て魔法使いさんの手によって生成されたモンスターであった。

ご主人さまは知らず知らずのうちに実力を試されていたのである。

「お主が《白銀の狼》に入った暁には、特別に初回から最高難度のダンジョンの最深部に連れていってやろう。訓練相手には迷宮都市でも随一の腕前を持った剣士を付ける。どうじゃ？悪くない話じゃろう？」

「…………」

本来《白銀の狼》に加入するためには、高難度の入隊試験をパスする必要があるのだが、魔法使いさんのような中核メンバーの推薦があった場合は話が別である。

魔法使いさんの口説き文句は、向上心の強い冒険者にとっては最高に魅力的な条件であった。

「──悪いが俺は群れるのが嫌いなんだ。暫くはソロでやらせてもらうよ」

キリッとした引き締まった表情でご主人さまは答える。

黒色のマントを翻しながら去っていくご主人さまの姿は、そのシーンだけを切り抜くと非常に絵になるものがあった。

（絶対にウソだ――!?）

奴隷ちゃんたちは知っていた。

魔法使いさんの口説き文句は、『ぐーたら』が基本のご主人さまにとっては罰ゲームでしかなかったのである。

「……うぬぅ。残念じゃな」

期待していた返事を得ることができなかった魔法使いさんは、心なしか落ち込んだ様子であった。

「そうじゃ。黒い人よ。お主、妾の家に来ないか？　勧誘の件はおいておくとして、今回の非礼を詫びたいのじゃが……」

魔法使いさんの口にした『家』というワードを聞いた瞬間、ご主人さまはピタリと足を止める。

「妾の家は東の森の中にある。お主が来るのであれば、もてなしの準備をしておこう」

人里離れた家の中でセクシーな美女と二人きり、という状況は、ご主人さまの妄想を搔き立てるものがあった。

「……わ、分かりました。考えておきます」

先程までの冷たくあしらった態度がウソのよう——。

唐突に鼻の下を伸ばし始めるご主人さまに向かって、奴隷ちゃんたちは不信の眼差しを向けるのだった。

61 悪いもの

Isekai Elf no Dorei chan

それから翌日のこと。

ご主人さまの怪しい行動は続いた。

早朝から外に出かけたご主人さまは、手始めに洋服屋に足を運んで黒色のタキシードスーツを購入した。

購入する衣類の九割が、奴隷ちゃんたちの下着とコスプレ衣装に偏(かたよ)っているご主人さまが、自分の服を買うことは非常に珍しいことであった。

「じゃ、俺は『仕事』に行ってくるから。二人は留守番をしていてね」

日が落ちて夕方になった。

ご主人さまは何処(どこ)からともなく薔薇(ばら)の花束を取り出すと、黒色のタキシードスーツを身に纏(まと)い颯爽(さっそう)と玄関の前に立つ。

普段は寝癖(ねぐせ)が目立つことの多いヘアスタイルも、今日だけは七三にビシリと決まっていた。

「行く気満々ですね」
「行く気満々だな」

どう考えてもご主人さまは魔法使いさんのところに行く気満々であった。
その証拠に昨日今日は珍しく『夜のお勤め』と『朝のお勤め』を休んでいる。
何か良からぬ期待をしていることは明白だった。

「犬耳さん。私たちも変装をして後をつけましょう」

理不尽なまでにモテるご主人さまのことである。
このまま魔法使いさんの家に行くことになれば、何が起きるか分からない。
エルフちゃんにとっては、ご主人さまの後をつけるというのは当然の選択であった。

「あ〜。悪いけどオレはパスで」

ソファに深く腰を下ろした犬耳ちゃんは、気だるい返事をする。

「えっ。どうしてですか？」

「いやだって。留守番しておけって命令されているだろ。命令違反は良くないぜ」

少し前まで一緒に尾行に出かけた人間とは思えない。

あまりに真面目に過ぎる犬耳ちゃんの発言は、エルフちゃんを困惑させるものであった。

「どうしたんです？　何か悪いもの食べました？」

「はぁ。そんなんじゃねーよ」

「あっ……。まさかこの前のバッタを……」

「人の話を聞け！」

次々に勘違いを始めるエルフちゃんに対して、犬耳ちゃんはツッコミを入れるのだった。

62 割り切りが大事

Isekai Elf no Dorei chan

「なぁ。エルフ。もしかしてお前、ご主人さまに対して本気になっていねーか？」

核心を衝かれたエルフちゃんは、ハッと言葉を詰まらせる。

もっともらしい理由を付けて、ご主人さまの後をつけようとしたのは、他の女にご主人さまを取られるのが嫌でたまらなかったからである。

つまるところそれは『嫉妬』だった。

本来であれば奴隷が主人に対して抱くべきではない感情の一つである。

「止めとけよ。オレたちは単なる奴隷だ。ご主人さまには、飽きられたら捨てられる運命なんだぜ？」

「そ、そんなこと……」

ない、とは言い切れなかった。

現実問題、奴隷商館には多くの中古奴隷が出回っている。

主人に対して本気で恋をした奴隷に待っているのは多くの場合、悲惨な結末であった。

「犬耳さんのバーカ！　バーカ！　もうっ、知りません！」

これ以上は聞くに堪えなかった。

難しいことを考えるのはやめにしたエルフちゃんは、そのまま変装もせずに家を飛び出した。

「バカはどっちだよ。バーカ……」

何故だろう。

その時、犬耳ちゃんからは迷いなくご主人さまの後を追っていけるエルフちゃんの背中が、少しだけキラキラしたものに見えていた。

63 懐かしの友達

家を飛び出したエルフちゃんが何処に向かったのかというと——ご主人さまが目指していると思われる東の森である。

迷宮都市ブルーティアの東門を抜けた先にある東の森は、あまりモンスターの出現することのない長閑なエリアであった。

（まったく……。なんなんですかもうっ！）

エルフちゃんの脳裏に焼き付いて離れないのは、犬耳ちゃんの辛辣な忠告である。

本当はとっくに気付いていた。

ご主人さまに対して本気で愛情を抱くほど——後々になって苦しめられてしまうかもしれない。

（……そもそも私は本当にご主人さまのことを好きなんでしょうか？）

自分に問いかけてみるが、本当の気持ちは分からない。

けれども、ご主人さまが他の女の子とイチャイチャしているところを想像すると、胸の中がモヤモヤとするのは確かだった。

このモヤモヤを晴らしたい一心でエルフちゃんは、ここまでご主人さまの後を追ってきたのである。

「あれは……？」

暫く歩くと見慣れない形をした家を発見する。

天井がやたらと低く、観賞用の植物に覆われたその家は、『魔女の家』と形容するに相応しかった。

もしかしたらご主人さまは既に家の中に入っているのだろうか？

エルフちゃんがそんな疑惑に駆られた直後であった。

「よく来てくれたな。黒い人よ」

「ふふふ。貴女のような美人に誘われたら当然ですよ」

ご主人さま&魔法使いさんがエルフちゃんの前を通りかかる。

咄嗟に反応したエルフちゃんは、茂みの陰に隠れることにした。

(クッ……。この中からでは二人の様子がよく見えませんね……)

エルフちゃんが茂みの中からコッソリ顔を出そうとした直後であった。

「だ、誰ですかぁ!」

背後から忍び寄る人の気配。

慌てて振り返ったエルフちゃんは自らの目を疑った。

ご主人さまの買ってくるようなコスプレ衣装とは違う、正統派ロングスカートのメイド服に身を包んだその少女はエルフちゃんにとって懐かしい人物であった。

「親友さん!?」

「エルフちゃん⁉」

意外なタイミングで再会を果たした二人は驚きの声を上げる。

64 歓迎の宴

庭の掃除をしていた親友ちゃんに発見されてしまったエルフちゃんは、そのまま成り行きで魔法使いさんの家に招待されることになった。

「ほ、本当に入って良かったのでしょうか」

「いいのぉ。いいのぉ。オラの主さまはそういうの、あまり気にしない人だからぁ」

相変わらずのんびりとしたペースで語る親友ちゃんとは対照的に、エルフちゃんの体は緊張で強張っていた。

その心境はさながら夫の浮気相手の家に乗り込んでいく新妻のようである。

動物の剝製、得体の知れない植物、鳥籠の中に入れられたペットと思しきコウモリ、などなど。

森の家は生理的な嫌悪感を煽るオブジェが沢山置かれていた。

恐る恐る廊下(ろうか)を進んでいくと、呑気(のんき)にテーブルに座るご主人さまと目が合った。

「エ、エルフちゃん!?」

まさかこんな所で遭遇(そうぐう)するとは思わなかった。

エルフちゃんの姿を目にしたご主人さまは、鳩が豆鉄砲を食ったような表情を浮かべていた。

「なんじゃ。その娘は？　ポチの知り合いか？」

キッチンの奥から魔法使いさんがひょっこりと顔を出す。

魔法使いさんはグツグツと煮立った大きな釜(かま)を木製の棒でかき混ぜていた。

その様子はまるで、魔女が怪しい薬を作っているようである。

「はい。こっちはオラの幼馴染(おさななじみ)のエルフちゃんだぁ。ご主人さまも一度、店で喋(しゃべ)ったことがあるはずだよぉ」

親友ちゃんの説明を受けた魔法使いさんは、エルフちゃんの体を眺め回す。

最初はピンと来ない様子の魔法使いさんであったが、エルフちゃんの胸を目にした途端、何かを思い出したかのようにポンと手を叩く。

「そうか！　お主、あの時の乳なしエルフだったのか！」

「……乳なしエルフ、ですか」

納得した面持ちで呟く魔法使いさんに対して、エルフちゃんは殺意を抱くのだった。

65 闇鍋

Isekai Elf no Dorei chan

互いに軽く自己紹介を済ませたところで夕食の時間となった。

「ポチ。こっちの料理を黒い人のところへ」
「了解しましたぁ」

メイド服を着た親友ちゃんの手によって次々と料理が運ばれてくる。
厨房（ちゅうぼう）から漂う良い香りから、自然と期待のハードルが上がっていくエルフちゃん&ご主人さまであったが、ある程度、料理が出揃（でそろ）ったところで違和感を覚えることになった。

（こ、これは……）

魔法使いさんの作る料理は、見た目が最悪だった。

全体的に色味がなく、使用される食材も馴染みのないものばかりで、全く食欲が湧き上がってこなかった。

「どうじゃ……。お主のために腕によりをかけて作ってみたのじゃが……」

厨房から顔を出す魔法使いさんは不安そうな眼差しを向けている。

最初に動いたのは、ご主人さまであった。

ご主人さまは恐る恐るといった感じで、スプーンで掬った料理を口に運ぶ。

「……美味しい！　これ、凄く美味しいです！」

ゲテモノ感の溢れる見た目とは裏腹に、味の方は繊細で完成度が高い。

魔法使いさんの作った絶品料理の数々は、瞬くうちにご主人さまの舌を虜にしていく。

「エルフちゃんも食べてみなよ」

「わ、分かりました」

主人から命令を受けたら、それに応えるのが奴隷の責務である。

どうせ女性の前だから気を遣っているのだろう。

そんなことを考えていたエルフちゃんであったが、口に運んだ瞬間、自らの予想が間違いだったことに気付く。


「……美味しい」


誰に言わされるでもなく自然と言葉が口に出ていた。

中でもエルフちゃんが気に入ったのは、やたらと目を引く大きな釜(かま)で煮込んだ特製のスープである。

そのスープは今までに食べたことがない——鶏肉と魚介類の間を取った不思議な味がした。

一体どんなダシを使っているのだろう？

疑問に思ったエルフちゃんがスープの中にスプーンを入れた直後であった。


「……はい？」

スプーンの先が何か硬いものをすくい上げる。

よくよく見るとそれは――黒焦げになったトカゲの死骸であった。

「おっ。良かったな。小娘。当たりじゃぞ」

ボトンッ。

唖然としたエルフちゃんは、素早くトカゲの死体をスープの中に沈めて、記憶を抹消することにした。

66 着替えタイム

Isekai Elf no Dorei chan

食事をしているうちにすっかり日が沈んで夜になっていた。

周囲に他に建物がない東の森は、迷宮都市の夜と比べて格段に暗かった。

「——今日はもう遅い。夜の森は魔物が出ることもあるからのう。今夜は泊まっていくと良い」

幸いなことに森の家はゆったりとした間取りで、客人が泊まっていく空き部屋には事欠かない。魔法使いさんの提案によってエルフちゃん&ご主人さまは、森の家に泊まっていくことになった。

「えへへ。エルフちゃんとお泊まりなんて久しぶりだなぁ」

エルフちゃんは寝間着を借りるために親友ちゃんの部屋を訪れていた。

「結構良い部屋に住んでいるんですね」

「そうだよぉ。魔法使いさんは何かとオラに優しくしてくれるんだぁ。オラ、本当に魔法使いさんの奴隷になれて良かったよぉ」

奴隷として市場に流された者の中で幸せな生活をおくれている者は極めて少ない。ましてや『奴隷になれて良かった』などという台詞を臆面もなく言える親友ちゃんは相当に恵まれていると言えた。

「寝間着はこのタンスの中でいいんですか？」

「そうそう。好きなものを持って行ってよぉ」

どうやら奴隷として大切にされている話は本当らしい。

タンスの引き出しを開けると、見るからに値打ちのありそうな色とりどりの衣類が収納されていた。

「これは……？」


暫（しばら）くタンスを漁（あさ）っていると意外なものを発見する。

自分の使っているものとは、あまりに形状が違っていたので最初は何に触れているのか全（まった）く分からなかった。


——それは親友ちゃんが使っているブラジャーと思（おぼ）しきものであった。

試しに被（かぶ）ってみると、エルフちゃんの小さな頭に親友ちゃんのブラジャーがスッポリと収まった。


「それ、帽子じゃないよぉ？」

エルフちゃんの取った不可解な行動に対して親友ちゃんがツッコミを入れる。

「もしかして……また大きくなりました？」

「そ、そんなことないよぉ」

「カップ数を教えなさい」

「えっ。Hカップ……くらいかなぁ」

「…………」

「エッチなのは貴女ですよ！　クキッ――!!」

「エ、エルフちゃん!?」

理不尽に怒り始めるエルフちゃんであった。

67 夜空の向こうに

リリリリリッ。
夜の虫たちの大合唱が窓の外から聞こえてくる。
親友ちゃんから寝間着を借りたエルフちゃんはベッドの上に寝転がっていた。
慣れない枕を使っているせいか、一向に瞼（まぶた）が重くなる気配がない。

（……少し夜風に当たりに行きますか）

ブカブカの寝間着を引きずりながらもエルフちゃんは森の家の玄関に向かう。
満（まん）を持（じ）して外に出ると意外な先客がそこにいた。

「ああっ。エルフちゃんだぁ」

月明かりに照らされた寝間着姿の親友ちゃんは、同性であるエルフちゃんの目から見てもドキドキしてしまうくらいに綺麗(きれい)であった。

「どうしたのぉ？　寝られなかったぁ？」

「ええ。そんなところでしょうか。親友さんこそ何をしていたんですか？」

「えっとねぇ……。オラは星を見ていたんだぁ」

「星……ですか」

試しに空を見上げてみると、満天の星空がエルフちゃんのことを見下ろしていた。

「なんだか村から見える夜空に少し似ていますね」

「ああっ！　やっぱり分かるんだぁ！　そうそう。ここにいると故郷のことを思い出すんだよぉ」

そう言って語る親友ちゃんの横顔が、一点の曇りもなく幸せそうなものに見えたから――。

エルフちゃんは思い切って、気になっていた疑問を投げかけてみることにした。

「親友さんは不安に思うことはないんですか？」

「ええっ。どうしたの急にぃ？」

「……私たち、奴隷なんですよ？　いつ捨てられてしまうとも分からない……他人の所有物なんですよ？」

奴隷としての生活は、ご主人さまの気分次第でいかようにも変化する。

それはつまり、たとえ今がどんなに幸せでも、それがいつまで続くかは分からないことを意味していた。

「エルフちゃん。この夜空の向こう側がどうなっているかなんて……誰にも分からないんだよぉ」

何処か遠くを見つめながらも親友ちゃんは言った。

その言葉は不思議とエルフちゃんの胸にスッと落ちていくものであった。

「いいのいいのぉ。オラは主さまのことが好きだから……何があってもついて行くって決めたんだぁ」

大らかな性格をした親友ちゃんらしい答えだった。

エルフちゃんは、犬耳ちゃんのように『どうせ捨てられる』という冷めた考えをすることもできないし、親友ちゃんのように無条件に他人を信用することもできない。

悲しいことにエルフちゃんは、どちらの側にも立つことのできない半端者だったのである。

「あ！　エルフちゃん！　見て！　流れ星だよぉ！」

「流れているみたいですね」

「流れているよぉ。めちゃくちゃ流れているよぉ」

「ここは一つ、願い事でもしておきましょうか」

考えても、考えても、絶対に解決しようのない問題であることに気付けたから——。

エルフちゃんは『この幸せな日々がいつまでも続きますように』と、星に願いをかけることにした。

68 大人の時間

星空の下で懐かしい思い出話に花を咲かせたエルフちゃん＆親友ちゃんは、森の家に戻ることにした。

玄関で外靴を脱いだ二人は長い廊下を歩く。

「あれ……。まだ明かりが付いているんですね」

もう夜も明けようかという時間であるにもかかわらず、魔法使いさんの部屋は明かりが灯っているままであった。

「えへへ。オラの主さまは毎日遅くまで魔法の勉強をしているんだぁ。凄いよねぇ」

誇らしげな表情で大きな胸を張る親友ちゃん。

けれども、何故だろう。

エルフちゃんにとってこの展開は嫌な予感がしてならなかった。

「オラ、主さまにお夜食がいるか聞いてくるよぉ」

小腹を空かせた主人のために料理を作ってあげることは、奴隷としての責務の一つであった。

「あっ。待って下さ――」

慌てて呼び止めようとするエルフちゃんであったが、既に手遅れだった。

ギリリリリッ。

夜の廊下に木製の扉が開く音が響く。

ズコバコ。

バコバコバコ。

次に二人の視界に入ったのは、エルフちゃんが予想していた通りの光景であった。

そこにいたのは裸のまま壁に手をつける魔法使いさんと、リズミカルに腰を振るご主人さまの姿であった。

「んんっ。いいぞっ。実に良い！　こんなに滾る夜は初めてじゃ！」

ご主人さまの絶倫とテクニックは、底なしの性欲を持つと言われている魔法使いさんすら満足させるものであった。

普段の老獪な雰囲気がウソのよう——。

動物のメスとしての本能を駆り立てられた魔法使いさんは、乱れた声を上げまくっていた。

「し、親友さん!?」

純朴な親友ちゃんは、ショックを受けて口からブクブクと泡を吹いて倒れてしまうのだった。

意地悪

Isekai Elf no Dorei chan

波乱の夜が明けて朝になった。

結局、昨日のこともあって一睡もできなかったエルフちゃん&夜遅くまで張り切り過ぎて一睡もできなかったご主人さまは、早朝に森の家を出ることにした。

「また来るがよい。黒い人よ。夜伽ならいつでも大歓迎じゃ」

魔法使いさんの目が以前にも増して熱っぽくなっているのは気のせいではないだろう。

相変わらずご主人さまはモテまくりであった。


〜〜〜〜〜〜〜〜〜〜

爽やかな風が木々の間を吹き抜ける。

葉っぱの間から零れ落ちた朝の日差しが、道の先を淡く照らしていた。

「悪かったよ！　エルフちゃん！　ほんの出来心だったんだ！」

暫く並んで歩いていると、ご主人さまは唐突に謝罪の言葉を口にする。

「……何のことですか？」

「昨日のことだよ。エルフちゃんを裏切るようなことをして本当にごめん！」

「…………」

ご主人さまから謝罪を受けたエルフちゃんは、喜びと戸惑いの入り混じった不思議な感情を抱いていた。

今更説明するまでもなく、エルフちゃんはご主人さまの『所有物』である。

ご主人さまは本来ならば気兼ねなく他の女性と関係を持つことができる。

ここで謝罪したということはつまり、ご主人さまはエルフちゃんのことを一人の女性として見ていることを意味していたのだった。

「別に怒ってはいないのですが……。そこまで言うのであれば一つだけ約束して下さい」

「分かった。何でも言ってよ」

「ずっと私の傍にいて。私のことを一生大事にしてください」

「ハハッ。そんなことか。お安い御用だよ」

「…………」


分かっている。

ここで言質を取ったところでエルフちゃんの将来が何か保障されるわけではない。

たとえ今がどんなに充実していても、飽きたら捨てられて、次の新しい奴隷に乗り換えられてしまうかもしれない。

最初から二人の関係は対等ではなかった。

どんなに言葉を取り繕ったところで奴隷の生活は、全て主人の掌の上なのである。

「……知っていましたか？　エルフの寿命って五〇〇年くらいあるらしいですよ？」

こういう時でもないと、日頃の鬱憤を解消できないような気がしたから――。

エルフちゃんは少し意地悪な言葉を返すのだった。

おまけ短編1　魔法の水晶玉

Isekai Elf no Dorei chan

「ふふふ。ついに買ってしまいました」

　とある休日のこと。

　その日、外出から戻ってきたエルフちゃんは、いつになく御機嫌であった。

「どうしたんだよ。エルフ」

「えへへ。実はさっきお店で良いものを買ってしまいまして」

「ま、まさか食べ物か!?」

「違いますよ。これですよ。これ」

　手提げ袋を広げたエルフちゃんがテーブルの上に置いたのは、綺麗（きれい）な色をした水晶玉であった。

「ん？　なんだよ。これ」

「これは『魔法の水晶玉』と言って冒険者の実力を測るためのアイテムですよ」

エルフちゃんの購入した『魔法の水晶玉』には、触れた人間の能力を『色』として示す性質があった。

各々の実力に応じて水晶玉の色は、白　↓　赤　↓　青　↓　黄色　↓　銀色　↓　金色、という風に変化していく。

このアイテムは、理由があってパーソナルカードの情報を公開したくない人間が、自分の能力を示す際などに用いられていた。

「はぁ？　んなもの何に使うっていうんだよ？」

「えへへ。決まっているじゃないですか。毎日眺めて、少しずつ色が変わっていく様子を楽しむんですよ。私たち、着実にレベルアップしているじゃないですか」

「ま、まさかお前……。こんなものに貴重なお小遣いを使ったのか？」

「い、いいじゃないですか！　こういうのはロマンなんですよ！　ロマン！」

衣食住以外のものに対してお金をかける気持ちは、犬耳ちゃんには理解できない感性であった。

「二人とも。何をしているんだい」

奴隷ちゃんたちが会話をしていると、ご主人さまがひょっこりと顔を覗(のぞ)かせる。

何故だろう。その時、エルフちゃんは、これから起こる悲劇をたしかに予感していた。

「へえ。『魔法の水晶玉』か。懐かしいなぁ」

「あのっ！　ご主人さま！　ちょっと待って——」

慌てて静止しようとするも時既に遅し。

バリリリリリィィイン！

どういうわけかご主人さまが手に触れた瞬間、魔法の水晶玉が粉々に破壊されてしまったのである。

「ああ。またやっちゃった。何故か、俺が触るといつも水晶玉が壊れちゃうんだよなぁ……」

「さ、さすがはご主人さまです！」

「ご主人さまの実力はちっぽけな水晶玉では測りきれないんだな！」

咄嗟にプロ根性を発揮して、ご主人さまを持ち上げるエルフちゃんであったが、その内心はショックで愕然としていた。

「ドンマイだ。エルフ。水晶玉ならまたお小遣いを貯めて買えばいいさ」

「ううぅ。ありがとうございます。犬耳さん」

主人に尽くすためならば、どんな理不尽にも耐えなければならないのが奴隷業の辛いところである。

床の上に散らばった水晶玉の欠片を掃除しながらも奴隷ちゃんたちは、互いを励まし合うのだった。

おまけ短編2 不届き者

Isekai Elf no Dorei chan

とある晴れた日の午後。家事に一区切りをつけたエルフちゃんは、自宅で栽培したハーブを使ってティータイムに入ることにした。

「ふぅ……。仕事の後のハーブティーは格別ですねぇ……」

暫くハーブティーの香りを楽しんだエルフちゃんは、テーブルの上に置かれたビスケット缶の中に手を伸ばす。

何を隠そうこのビスケット缶は、ご主人さまが『お茶請けがないと寂しいんじゃない？』と気を利かせて買ってくれた贅沢品である。

どうやらご主人さまは、エルフちゃんの購入した『魔法の水晶玉』を壊してしまったことを多少は気にしてくれていたらしい。

意外にもこういった細かな気配りをできるところが、ご主人さまの憎めないポイントでもあった。

「あ、甘くて美味しい～」

ノーミルの村で暮らしていたら一生、口にする機会がなかったかもしれない。

それぞれ微妙に味が異なるビスケットを毎日一枚ずつ大切に食べることが、最近のエルフちゃんにとっての楽しみとなっていた。

けれども、そんなエルフちゃんにとっての至福の時間を邪魔する不届き者がいた。

ガサゴソ。

ガサゴソ。ガサゴソ。

何やらキッチンの方が騒がしい。

不思議に思って目をやると、エルフちゃんの視界を丸々と太った巨大ネズミが横切った。

「ぎゃあああああああああ！」

出るとは聞いていたのだが、家の中で実物を見るのは初めてのことであった。

一年の半分くらい雪が積もっているノーミルの村では、ネズミと遭遇する機会があまりなかったのである。

「どうしたんだよ。エルフ。大声を出して」

騒ぎを聞きつけた犬耳ちゃんがリビングにやってくる。

「で、出たんですよ――!!　ネズミが!　出たんですよ――!!」

恐怖で錯乱するエルフちゃんは縋るようにして犬耳ちゃんに助けを求める。

「ん。どれどれ。あそこだな」

犬耳ちゃんは嗅覚レーダーでターゲットの居場所を特定すると、持ち前の身体能力を活かして飛び掛かる。

「へへん。どんなもんよ」

平らな胸を張って犬耳ちゃんは得意顔を浮かべる。

犬耳ちゃんの手はネズミの尻尾部分をガッチリとキャッチしていた。

「す、凄いです。さすがは犬耳さんです」

ここで言う『凄い』とは、見事に捕まえられたということよりも、女子なのに素手でネズミを摑めることに対する部分が大きかった。

「……都会のネズミは肥えていて美味そうだな」

「ダメですよ。それは」

このまま放っておくと本気で食べてしまいかねない。

正気に戻ったエルフちゃんは、冷静なツッコミを入れるのだった。

あとがき

柑橘ゆすらです。

そんな感じで『異世界エルフの奴隷ちゃん』、いかがでしたでしょうか。

未読の方のためにこの作品の内容を一言で説明しておきますと、異世界ライトノベルの『お約束』をネタにした日常コメディとなっています。

異世界系のライトノベルの場合、冒険中心の作品が主流だと思いますので、この作品のように日常をメインに据えた小説は少しだけ珍しいかもしれません。

目指したものは、四コマ漫画的な楽しみ方ができる異世界小説です。

作者がこういうスタンスで書いた作品ですので、肩の力を抜いて、スナック感覚で楽しんでいただけますと嬉しいです。

以下、スタッフ紹介。

この作品のイラストは前作、『最強の種族が人間だった件』から引き続き、夜ノみつき先生に担当していただきました。

とにかく可愛くてキラキラとした女の子を書かせたら、夜ノ先生の右に出るものはいない！　と思っています。

前作で一緒に仕事をした時、「またいつかこの人と仕事がしたい！」と思っていましたので、こんなに早くチャンスが巡ってきて幸せです。


この作品はあまり前例のない珍しい試みとして、コミックの一巻と小説の一巻がほぼ同時発売となっています。

コミック版はヤングジャンプコミックスより好評発売中です。

作画を担当して下さったのは稍日向先生です。

稍先生と仕事をするのは、五年前に発売した私のデビュー作である『魔王なオレと不死姫の指輪』以来の二回目となっています。

夜ノ先生と同様に「またいつかこの人と仕事がしたい！」と願っていた人だったので、五年越しの夢が叶って幸せな気持ちでいっぱいです。

稍先生の原稿のクオリティは超絶凄まじいものがあります。

この小説にも一枚、稍さんのイラストをいただけたので、よろしければチェックしてみてください。

小説の口絵にマンガ家さんのイラストが使われているのも、本作の珍しい特徴のひとつとなっております。

さて。作者にとって、夢のような環境で始めることができた『異世界エルフの奴隷ちゃん』シリーズですが、二巻が出るかどうかは、割と一巻の売上げ次第というところがあります。マンガと同時スタートだろうが、売れないものは打ち切りです。世知辛い。

少しでも「面白かった」「続きが読みたい」と思って下さいましたら、応援の方をよろしくお願いいたします。

それでは。

次巻で再び皆様と出会えることを祈りつつ——。

柑橘ゆすら

ご購入ありがとうございます！
稍先生のコミックスの方も
とても可愛いので是非ー！
2018.4

小説版異世界エルフの奴隷ちゃん発売おめでとうございます！
漫画版を描いてる絹日向です。
これからも漫画版・小説版の
エルフちゃんたちをよろしく！

絹日向
異世界エルフの奴隷ちゃん
2018.3.19.
@yayahinata

ダッシュエックス文庫

異世界エルフの奴隷ちゃん

柑橘ゆすら

2018年4月30日　第1刷発行

★定価はカバーに表示してあります

発行者　鈴木晴彦
発行所　株式会社　集英社
〒101−8050　東京都千代田区一ツ橋2−5−10
03(3230)6229(編集)
03(3230)6393(販売／書店専用) 03(3230)6080(読者係)
印刷所　大日本印刷株式会社

ISBN978-4-08-631240-0 C0193

漫画でもせーのっ
「さすがはご主人さまです」!!
コミックス①巻大好評発売中!
「エックスコミック」で大人気連載中!!!!!

もにゅ♡
コミックでは
さらに刺激的に
進行中!?
もにゅ
むにっ
ふー
むにゅっ
YJC『異世界エルフの
奴隷ちゃん①』
原作:柑橘ゆすら
漫画:稍 日向
キャラクター原案:夜ノみつき
異世界エルフの奴隷ちゃん
ニコニコ静画「水曜日はまったりダッシュ」

ダッシュエックス文庫

最強の種族が人間だった件1
エルフ嫁と始める異世界スローライフ
柑橘ゆすら
イラスト／夜ノみつき

最強の種族が人間だった件2
熊耳少女に迫られています
柑橘ゆすら
イラスト／夜ノみつき

最強の種族が人間だった件3
ロリ吸血鬼とのイチャラブ同居生活
柑橘ゆすら
イラスト／夜ノみつき

最強の種族が人間だった件4
エルフ嫁と始める新婚ライフ
柑橘ゆすら
イラスト／夜ノみつき

目覚めるとそこは〝人間〟が最強の力を持ち、崇められる世界！　平凡なサラリーマンがエルフ嫁と一緒に、まったり自由にアジト造り！

エルフや熊人族の美少女たちと気ままにスローライフをおくる俺。だが最強種族「人間」の力を狙う奴らが、新たな刺客を放ってきた！

新しい仲間の美幼女吸血鬼と仲良くし、エルフ嫁との冒険を満喫していた葉司だが、ついに王都から人間討伐の軍隊が派遣されて…!?

宿敵グレイスの計略によって、かつて全人類を滅ぼした古代兵器ラグナロクが復活した。最強種族は古代兵器にどう立ち向かうのか!?

ダッシュエックス文庫

童貞を殺す異世界
須崎正太郎
イラスト／さくらねこ

異世界作家生活
女騎士さんと始める　ものかきスローライフ
森田季節
イラスト／こうましろ

神域のカンピオーネス
トロイア戦争
丈月　城
イラスト／BUNBUN

神域のカンピオーネス2
ラグナロクの狼
丈月　城
イラスト／BUNBUN

金なし彼女なし食なしの三重苦な僕が迷い込んだのは、男が滅び伝説上の生き物として崇められている世界!?　男パワーで無双開始！

中堅ラノベ作家・長谷部チカラ。女騎士に頼まれ、異世界で小説の授業をすることに。だが、生徒の予測不能な言動に振り回されて!?

神話の世界と繋がり、災厄をもたらす異空間に日本最高峰の陰陽師と最強の“役立たず”が立ち向かう。神話を改変するミッション!!

今度の舞台は北欧神話。魔狼フェンリルの復活と神話世界の崩壊を防ごうとする蓮の前に「侯爵」を名乗る神殺しが立ちはだかる…！